Boda con secreto

Catherine Spencer

Bianca®

HARLEQUIN®

Editado por HARLEQUIN IBÉRICA, S.A.
Hermosilla, 21
28001 Madrid

I.S.B.N.: 84-671-3832-7
Depósito legal: B-6968-2006
Editor responsable: Luis Pugni
Composición: M.T. Color & Diseño, S.L.
C/. Colquide, 6 - portal 2-3º H, 28230 Las Rozas (Madrid)
Fotomecánica: PREIMPRESIÓN 2000
C/. Algorta, 33. 28019 Madrid
Impresión y encuadernación: LITOGRAFÍA ROSÉS, S.A.
C/. Energía, 11. 08850 Gavá (Barcelona)
Fecha impresion para Argentina: 2.10.06
Distribuidor exclusivo para España: LOGISTA
Distribuidor para México: CODIPLYRSA
Distribuidores para Argentina: interior, BERTRAN, S.A.C. Vélez
Sársfield, 1950. Cap. Fed./ Buenos Aires y Gran Buenos Aires,
VACCARO SÁNCHEZ y Cía, S.A.
Distribuidor para Chile: DISTRIBUIDORA ALFA, S.A.

Capítulo 1

CALLIE tenía dieciocho años la última vez que aquella voz mediterránea, profunda y oscura la había seducido, haciéndole olvidar todo lo que su madre le había enseñado sobre «reservarse» para el hombre adecuado. Aquél que la recibiría en el altar y sabría apreciar todo lo que significaba su vestido blanco. Aquél que valoraría el regalo que era su virginidad en su noche de bodas.

Dieciocho.

Habían pasado nueve años, pero parecía una vida entera.

Y, aunque el teléfono la despertó de un sueño profundo a las cuatro de la mañana, ella supo enseguida de quién se trataba, al igual que su corazón, que se encogió como si lo estuvieran retorciendo con fuerza.

–Soy Paolo Rainero, Caroline –dijo él–. El hermano de Ermanno. El cuñado de tu hermana –añadió como si Caroline necesitara más aclaraciones.

«Y mi primer amor», pensó ella. «Mi único amor».

–*Buon giorno* –dijo Callie tras aclararse la garganta y tragar saliva, mientras buscaba a tientas la lámpara de la mesilla–. Qué sorpresa saber de ti después de tanto tiempo, Paolo. ¿Cómo estás?

Paolo hizo una pausa antes de contestar, y en ese tiempo, cualquier esperanza que Callie albergaba de que él pudiese estar en Estados Unidos y que quisiera contactar con ella por el puro placer de su compañía, se desvaneció. En ese momento un escalofrío intenso recorrió su espalda, y supo que lo que tuviera que decirle no sería nada bueno.

–¿Desde dónde me llamas? –preguntó Callie, como para amortiguar el golpe que estaba a punto de recibir.

–Desde Roma. Caroline…

–¿Estás seguro? Suenas tan cerca como si estuvieras en la casa de al lado. Nunca me habría imaginado que estuvieras casi al otro lado del mundo. Es increíble lo mucho que…

–Caroline –repitió él–, me temo que tengo malas noticias.

¡Los niños! ¡Algo les había ocurrido a los niños!

Caroline sintió cómo se le secaba la boca, cómo el corazón se le aceleraba y el estómago se le contraía.

–¿Cómo de malas? –preguntó con voz temblorosa.

–Muy malas, *cara*. Ha habido un accidente de yate. Una explosión en el mar –contestó Paolo, e hizo otra horrible pausa–. Ermanno y Vanessa iban a bordo.

–¿Con los niños?

–No. Con cuatro invitados y una tripulación de seis personas. Dejaron a los niños con mis padres.

–¿Y? No me dejes con la incertidumbre, Paolo. ¿Cómo de grave está mi hermana?

–Siento decirte que no hubo supervivientes.

–¿Ninguno?

–Ninguno.

¿Su maravillosa hermana muerta? ¿Su cuerpo hecho pedazos?

Callie cerró los ojos ante las imágenes que se agolpaban en su cabeza.

–¿Cómo puedes estar tan seguro? –preguntó apretando con fuerza el auricular.

–La explosión pudo verse en millas a la redonda. Otros yates que había por la zona se apresuraron allí para prestar su ayuda. Las patrullas de búsqueda y rescate se pusieron en marcha, pero no tuvieron éxito. Era evidente que nadie podría haber sobrevivido a semejante explosión.

–¿Pero y si salieron disparados hacia el mar y consiguieron llegar a la orilla? ¿Y si dejaron de buscar demasiado pronto? Vanessa es una nadadora excepcional. Puede que…

–No, Caroline –dijo él–. No es posible. La devastación era evidente, y las pruebas demasiado gráficas como para inducir a error.

Paolo nunca le había hablado con tanta ternura ni con tanta compasión. El hecho de que lo hiciera en ese momento estuvo a punto de destrozarla.

Caroline sintió un inmenso nudo de dolor en la garganta, un nudo que casi la estaba ahogando. Comenzó a escuchar un sonido intenso que le llenaba los oídos. Un sonido tan primitivo que apenas podía asumir que viniese de dentro de ella.

–¿Hay alguien contigo, Caroline?

¿Qué tipo de pregunta era ésa? ¿Y cómo se atrevía él, de todas las personas, a preguntar eso?

–Aún no ha amanecido y estoy en la cama –contestó ella–. Sola.

–No deberías estarlo, no en un momento como éste. Estás en estado de shock, como todos nosotros. ¿No hay nadie a quien puedas llamar para que pase contigo las próximas horas hasta que se hagan los preparativos del viaje?

–¿Viaje?

–A Roma. Para los funerales. Se celebrarán en esta semana. Tú asistirás, naturalmente.

–Estaré allí –dijo ella–. ¿Cómo lo llevan los niños?

–No muy bien. Son lo suficientemente mayores como para comprender lo que significa la muerte. Saben que nunca más volverán a ver a sus padres. Gina llora con frecuencia y, aunque trata de ser valiente, sé que Clemente también ha derramado lágrimas en privado.

–Por favor, diles que los quiero y que su tía Callie irá a verlos pronto.

–Por supuesto, si es que sirve de algo.

–¿Estás cuestionando mi sinceridad, Paolo? –preguntó ella sintiendo la rabia en su interior.

–En lo más mínimo –contestó Paolo con suavidad–. Sólo estoy describiendo un hecho. Claro que los gemelos saben que tienen una tía en Estados Unidos, pero no te conocen. Tú eres un nombre, una fotografía, alguien que nunca se olvida de mandarles regalos por Navidad y por sus cumpleaños, y postales de los lugares tan interesantes que visitas. Pero sólo encontraste tiempo para venir a visitarlos una vez, cuando eran pequeños, demasiado jóvenes para recordarte. En cuanto al resto, dependías de que sus padres los llevaran a Estados Unidos a visitarte. ¿Y cuántas veces ocurrió eso? ¿Dos, tres veces en los últimos ocho años? Lo cierto es, Caroline, que los niños y tú sois prácticamente desconocidos. Es un caso triste de que la distancia es el olvido, me temo.

Puede que él pensara de ese modo, pero Callie lo veía de forma distinta. No pasaba un solo día sin que se acordara de aquellos adorables niños. Pasaba horas viendo álbumes de fotografías, contemplando las diferentes etapas de su vida. Su escalera estaba poblada de fotos de ellos. Sus fotografías más recientes ocupaban un lugar privilegiado junto a su cama, sobre la chimenea o en el escritorio de la oficina. Podría haberlos distinguido en una multitud de niños morenos de ojos marrones. Conocía al detalle cada rasgo, cada expresión que los hacía únicos.

–En cualquier caso, soy su tía, y pueden contar con que estaré allí con ellos a partir de ahora –dijo ella–. Saldré para allá mañana mismo y, salvo que haya retrasos, estaré con ellos pasado mañana.

–Entonces te mandaré los datos de tu vuelo hoy mismo.

–Por favor, no te molestes, Paolo –dijo ella con frialdad–. Puedo permitirme hacer mi propia reserva, y lo haré yo misma.

–No, Caroline. No lo harás –dijo él con sequedad–. No se trata de dinero. Se trata de que la familia tiene que cuidar de la familia. Y, sin importar cómo lo veas tú, estamos unidos a raíz del matrimonio de tu hermana con mi hermano, ¿verdad?

«Oh, sí, claro, Paolo», pensó ella, y tuvo que contener la risa histérica que amenazaba con sobrepasarla. «Conectados y muchas cosas más que puedes imaginar».

–No es momento para poner pegas sobre la naturaleza de nuestra asociación, Caroline –dijo él, confundiendo su silencio con disconformidad–. No importa cómo lo veas tú, tenemos una sobrina y un sobrino en común, y tenemos que cooperar por su bien.

¡Qué desagradablemente recto y moral parecía! Si no lo hubiera conocido mejor, quizá Callie se hubiese dejado engañar y habría pensado que realmente era tan honorable y responsable como fingía ser.

–No podría estar más de acuerdo, Paolo –dijo ella–. Ni se me ocurriría darles la espalda a los gemelos ahora que necesitan tanto apoyo emocional. Estaré en Roma el martes como muy tarde.

–¿Y me permitirás hacerte la reserva del vuelo?

¿Por qué no? No había lugar para el orgullo en aquel momento en que la trágica pérdida de su hermana amenazaba con derrumbarla. No podía permitirse demostrar su fortaleza cuando tenía cosas más importantes que hacer que desafiar a Paolo Rainero en cuanto a quién pagaría el billete de avión.

–Si insistes.

–Excelente. Gracias por ver las cosas a mi manera.

«Pronto dejarás de darme las gracias, Paolo», pensó ella–. «En cuanto descubras que pretendo traerme a los niños conmigo cuando regrese a casa».

Frente al palacio rehabilitado del siglo dieciocho, cuya planta superior constituía en su totalidad el apartamento de sus padres, el tráfico y el gentío proseguían con la ruidosa rutina tan propia de la Roma actual. Sin embargo, tras las paredes forradas de cuero de la biblioteca de su padre, reinaba el silencio. Tras volver a colocar el auricular en su sitio, Paolo abandonó la habitación y se dirigió al salón, donde esperaban sus padres.

Su madre había envejecido diez años en los últimos dos días. Agarraba la mano de su padre con fuerza, casi como si esa fuera la única forma de aferrarse a la cordura.

—¿Y bien? ¿Cómo se ha tomado la noticia? ¿Va a asistir a los funerales? —dijo Salvatore Rainero, hombre muy respetado en el mundo de las finanzas y que no se rendía con facilidad.

—Vendrá —dijo Paolo—. En cuanto a cómo se ha tomado la noticia, está en estado de shock, como todos.

—¿Ha mencionado a los niños? —preguntó su madre secándose los ojos con un pañuelo.

—Sí, pero no es algo por lo que debáis preocuparos. Les manda su cariño.

—¿Tiene idea de que…?

—En absoluto. Tampoco se le ha ocurrido preguntar. Pero no estaba preparada para mi llamada, y probablemente no pensara con claridad. Es posible que se lo plantee en los próximos días. Y, aunque no lo haga, una vez que se hayan leído los testamentos, no podremos ocultarle los términos.

—¿Y quién sabe cómo reaccionará? —preguntó su madre tras emitir un gemido de angustia.

—Que reaccione como le dé la gana, Lidia —dijo el padre de Paolo con firmeza—, pero no causará estragos en la vida de nuestros nietos, porque no se lo permitiré. Al haber declinado todo papel activo en sus vidas durante los últimos ocho años, ha perdido cualquier derecho a decidir sobre su futuro. ¿Te ha costado mucho convencerla para que le pagáramos el viaje? —le preguntó a su hijo.

—No especialmente.

—Bien —dijo Salvatore con un brillo triunfante en los ojos—. Entonces se la puede comprar.

—Oh, Salvatore, eso es cruel —dijo su esposa—. Caroline llora la pérdida de su hermana y no tendrá ganas de ocuparse de asuntos monetarios.

—Eso es cierto —dijo Paolo—. Creo que estaba tan sorprendida por la noticia, que podría haberla convencido de que los ratones vuelan si me lo hubiera propuesto. Cuando pase la sorpresa inicial de esta tragedia, puede que cambie de opinión con respecto a aceptar nuestra oferta. Nos conocemos poco, y además fue hace nueve años, pero la recuerdo como una mujer orgullosa e independiente.

—Os equivocáis. Los dos —dijo su padre levantándose del sofá, y comenzó a dar vueltas por la habitación—. Fue cualquier cosa menos orgullosa a juzgar por cómo se lanzó sobre ti después de la boda, Paolo. Si le hubieras dado coba, pronto habrías seguido los pasos de tu hermano y habrías acabado en el altar también.

—Estás siendo injusto, Salvatore —dijo su madre—. Cuando estuvo aquí, yo hablé mucho con Caroline, y estaba ansiosa por comenzar sus estudios universitarios en septiembre. No creo que hubiera dejado de lado sus planes, incluso aunque Paolo le hubiera dado coba.

Pero Paolo pensaba que no había ningún «incluso antes». A pesar de sus excesos en aquellos días, el alcohol no estaba entre ellos. Pero la noche de la boda de su hermano, había tomado demasiado champán como para recordar cualquier cosa aparte de lo bella y deseable que era la hermana de la novia.

Una noche con aquella chica inexperta le había bastado para lamentar el haberla seducido. No estaba acostumbrado a que sus mujeres fueran tan generosas y tan ingenuas. La inocencia de Caroline, su serenidad y su bondad lo desesperaban, a él, a Paolo Giovanni Vittorio Rainero, un hombre que no le tenía miedo a nada ni a nadie. Pero ella le había hecho buscar dentro de sí mismo y no le había gustado lo que había descubierto.

Era él el que tenía sangre azul y, sin embargo, a su lado, se sentía poco merecedor de ella. Se sentía pobre emocionalmente y con muy poco que ofrecerle a aquella chica que podría haber sido una princesa. Ella se merecía algo mejor que lo que él podía darle.

Enfrentarse a ella a la mañana siguiente, ver la decepción en sus ojos y saber que él era el que los había colocado en aquella situación, había sido más de lo que podía soportar. Y había escapado a toda velocidad.

Al pasar por el apartamento de sus padres algunos días después de la boda, no había esperado volver a encontrársela. Pero había podido comprobar que su anterior encaprichamiento por él se había convertido en absoluto desprecio. No había tardado más de una semana en darse cuenta de que Paolo Rainero no era su tipo de hombre.

A juzgar por el tono de la llamada telefónica, el tiempo no había cambiado su opinión sobre él. Si querían que las esperanzas de sus padres para el futuro se hicieran realidad, iba a tener que cambiar su imagen y volverla a convencer de su bondad costase lo que costase.

No se sentía bien al pensar en eso. De hecho sentía un mal sabor de boca. La seducción por la seducción, implicase o no algo físico, hacía tiempo que había perdido su encanto, sobre todo cuando había intenciones ocultas.

–¿Dónde están ahora los gemelos? –preguntó él.

–Tullia se los ha llevado al parque –contestó su padre–. Pensamos que un cambio de escenario sería bueno para ellos.

Paolo también pensaba eso. Desde el accidente no habían parado de llegar enormes ramos de flores y notas de condolencia del amplio círculo de amigos de la familia. El olor de los lirios lo impregnaba todo con una solemnidad típica de funeral. Ya habría muchas de esas flores el sábado en la iglesia, y de nuevo el lunes, cuando la familia más cercana acompañara los restos mortales a la isla para ser enterrados.

—No sé cómo lo llevarían los niños si no estuviera Tullia —dijo su madre tras asomarse al balcón que daba al patio trasero—. Ha estado con ellos desde que eran bebés y ahora se apoyan en ella. Parecen necesitarla más de lo que nos necesitan a nosotros.

—Y nos necesitan más a nosotros de lo que necesitarían a una tía a la que apenas conocen —intervino Salvatore pasándole un brazo por la cintura para llevársela de la habitación—. Ven, Lidia, mi amor. Deja de preocuparte por Caroline Leighton y empieza a cuidar de ti misma. Apenas has dormido desde que recibimos la terrible noticia, y necesitas descansar.

—¿Seguirás aquí luego, Paolo? —preguntó su madre antes de abandonar la habitación.

—Sí —dijo él—. Estaré aquí el tiempo que me necesitéis. Podéis contar conmigo para hacer cualquier cosa que haya que hacer para mantener intacta nuestra familia.

Aunque estaba decidido a mantener su promesa, esperaba poder hacerlo y no acabar odiándose a sí mismo por los métodos que tuviera que emplear.

El Boeing 777-200 de Air France aterrizó en el aeropuerto Charles de Gaulle de París poco después de las once de la mañana del martes, poniendo fin a la primera etapa de su viaje a Roma. Había abandonado San Francisco diez horas antes y eso se notaba en su apariencia.

Nunca había podido llorar elegantemente, al igual que hacían algunas mujeres, y su rostro mostraba evidencias de haber estado derramando lágrimas. Necesitaría muchos cosméticos y todos y cada uno de los segundos de las dos horas de que disponía antes de tomar el vuelo hacia Roma para tratar de ocultar los estragos de la pena. Pero los ocultaría porque, cuando se volviera a enfrentar a Paolo Rainero, pretendía tener el control sobre sí misma... y sobre la situación.

Quizá si después de aterrizar no hubiera estado tan ocupada pensando en las estrategias a seguir, lo hubiese visto antes. Habría pasado por delante de él si Paolo no se hubiera puesto en su camino, casi cortándole el paso.

—*Ciao*, Caroline —dijo él y, antes de que Caroline tuviera tiempo de reaccionar, le colocó las manos sobre los hombros, inclinó la cabeza y le dio un beso en cada mejilla.

Caroline se había preguntado si lo reconocería, si habría cambiado mucho en nueve años, si la vida disoluta que había perseguido a los veintipocos años se habría llevado consigo sus maravillosas facciones.

Había deseado que así fuera. De ese modo le resultaría más fácil verlo de nuevo. Pero el hombre que tenía delante no había perdido ni una pizca de su atractivo. Más bien lo había redefinido.

Tenía los hombros más anchos y los pectorales más definidos. Su porte era digno y sus ojos marrones irradiaban autoridad.

Su pelo era negro y sedoso, y a los lados de los ojos podían advertirse unas ligeras arrugas causadas por la risa.

Caroline se quedó mirándolo, viendo cómo sus esperanzas de que el paso del tiempo hubiera hecho estragos en él se evaporaban.

No era justo. Él había mostrado un completo desprecio por la vida, conduciendo demasiado deprisa, viviendo al límite, y desafiando a la muerte. Al menos podría haber tenido el detalle de parecer más ajado. Sin embargo, estaba allí con un porte espléndido y un atractivo peligroso, a pesar de la trágica razón que había hecho que se volvieran a encontrar.

—¿Por qué estás aquí? —preguntó ella sin saber qué más hacer.

Paolo sonrió ligeramente, lo justo para demostrar que seguía teniendo todos sus dientes intactos, y tan blancos como ella los recordaba. Era realmente alucinante. Habría imaginado que cualquier marido iracundo le habría arrancado algunos de un puñetazo. Paolo siempre había tenido predilección por las mujeres casadas, cuando no estaba ocupado seduciendo a vírgenes.

—Para recibirte, Caroline, ¿por qué si no?

—Bueno, por si lo has olvidado, hiciste mi reserva para llegar hasta Roma, y ni siquiera estamos en Italia.

—Ha habido un ligero cambio de itinerario —dijo él—. Harás el resto del viaje conmigo, en el avión de la compañía Rainero.

—¿Por qué?

—¿Por qué? —preguntó él encogiéndose de hombros.

—Porque no es necesario. Tengo un billete para un vuelo normal. Además, ¿qué pasa con mi equipaje? Sería un inconveniente si no aparezco en el avión…

—No te preocupes, Caroline —la interrumpió Paolo—. Ya me he ocupado de ello. Quedándote aquí y poniendo pegas lo único que consigues es ser un inconveniente para mí.

Había algo más en él que no había cambiado. Su increíble arrogancia.

—¡Claro! ¿Cómo ibas tú a quedarte al margen, Paolo?

—Estás agotada y triste, *cara*, y te estás poniendo un poco caprichosa —dijo él, le quitó la bolsa de mano y la agarró del codo.

—Eso no debería sorprenderte, teniendo en cuenta las circunstancias.

—No me sorprende. Por eso pensé en ahorrarte el tiempo tedioso esperando en un aeropuerto abarrotado, cuando puedo llevarte a Roma antes de que el vuelo que tenías planeado salga de París.

—No me importa esperar —repuso ella tratando de

soltarse–. De hecho estoy deseando poder refrescarme después de haber estado diez horas metida en un avión.

–Te aseguro que el avión de la compañía tiene todo tipo de comodidades, todas a tu disposición –contestó él–. Vamos, Caroline. Permíteme que te malcríe un poco.

Increíblemente seguro de poder vencer sus objeciones, Paolo la sacó de la terminal y la metió en el asiento trasero de una limusina. Tras darle instrucciones al conductor uniformado, se sentó con ella, tan cerca que sus cuerpos se rozaban.

Caroline trató de alejarse todo lo que pudo mientras el coche se unía al tráfico y se dirigía al centro de la ciudad. Paolo se dio cuenta de sus esfuerzos, sonrió y dijo:

–Trata de relajarse, *cara*. No voy a abducirte ni a hacerte ningún daño. Estás a salvo conmigo.

¿A salvo con él? No, si se parecía en algo al hombre que había conocido hacía nueve años. Aunque su preocupación parecía genuina. Parecía más centrado en los sentimientos de Caroline que en los suyos propios. Podría haberlo prejuzgado. ¿Y si, al fin y al cabo, sí que había cambiado?

–¡Ah! –exclamó Paolo inclinándose frente a ella para mirar por la ventana–. Enseguida habremos llegado.

–¿Adónde, exactamente?

–Le Bourget. Es el aeropuerto que suele usarse para los jets privados.

Pronto llegaron al aeropuerto y, en apenas tiempo, pasaron el control de seguridad, entraron por la puerta de embarque y se encontraron atravesando la pista de aterrizaje, donde los esperaba el jet con los motores encendidos. Caroline subió los peldaños y apenas tuvo tiempo de abrocharse el cinturón antes de que el aparato estuviese listo para el despegue.

—Estás muy callada, Caroline —observó Paolo cuando estuvieron en el aire, camino del sur—. Estás como alejada.

—Acabo de perder a mi hermana —contestó ella—. No tengo el ánimo para fiestas.

—Ni estoy sugiriendo que debieras tenerlo, pero se me ocurre que quizá quieras hablar de los preparativos del funeral —dijo él mientras acariciaba con los dedos un vaso de agua con gas—. O de los niños.

—No —dijo ella—. En este momento no. Es lo único que puedo hacer para asumir el hecho de que jamás volveré a ver a Vanessa. Aún sigo queriendo despertar y darme cuenta de que todo había sido una pesadilla. Quizá cuando haya visto a los niños y a tus padres… ¿Cómo lo están llevando, por cierto? Quiero decir, tus padres.

—Están más destrozados de lo que tú dices que estás.

—¿Estás insinuando que estoy fingiendo el modo en que me siento, Paolo?

—Bueno, si así fuera, no sería la primera vez, ¿verdad, *cara*?

En ese momento Caroline supo que debía haber hecho caso a sus instintos. Porque, al subir a bordo del jet de los Rainero, había cometido un terrible error.

Se había colocado a sí misma a merced de un hombre que, sin importar las razones que lo hubieran llevado hasta París, no se preocupaba por ella más de lo que lo había hecho nueve años antes. Seguía siendo el mismo cerdo que había arruinado su vida una vez y, si le diera la oportunidad, lo volvería a hacer.

Capítulo 2

ASÍ QUE no te molestas en rebatirme semejante comentario? –preguntó él–. ¿No te importe que esté insinuando que no eres sincera?

–No conviertas mi silencio en culpa, Paolo –contestó ella, furiosa con él y consigo misma–. Es sólo que me has dejado perpleja con tu audacia. Y te aseguro que sí que me importa tu acusación.

–Pero no niegas que sea verdad.

–¡Claro que lo niego! –replicó ella–. Nunca te he mentido.

–¿Nunca? ¿Ni siquiera por omisión?

Una vez más, Caroline se quedó sin palabras, pero a causa del miedo. No podía saber la verdad, a no ser que Vanessa o Ermanno se lo hubiesen dicho.

¡No podía ser cierto! Ellos no habrían conseguido nada y habrían perdido lo que más querían.

–Te has puesto pálida, Caroline –continuó Paolo–. ¿Será que, a lo mejor, te has acordado?

–¿Acordarme de qué, exactamente?

–Del día en que tu hermana se casó con mi hermano. O, más exactamente, de la noche que siguió a la boda.

Así que su secreto estaba a salvo. Pero, además de sentirse aliviada, se sintió enormemente avergonzada.

–Oh –murmuró ella–. Eso.

–Eso, en efecto. Vamos a ver si recuerdo los hechos. Había luna y muchas estrellas en el cielo. Una playa con arena muy fina y unas olas muy suaves. Teníamos una cabaña que nos permitía tener privacidad.

Tú llevabas un vestido que pedía a gritos que te lo arrancara. Y yo…

–De acuerdo –contestó Callie–. En eso tienes razón. Lo recuerdo.

Como si fuese capaz de olvidarlo, por mucho que lo hubiese intentado. Era la noche en que había perdido su virginidad, su inocencia y su corazón. Aquellos nueve años no habían sido capaces de borrar un solo instante.

–¿No es el hombre más guapo que jamás hayas conocido?

Radiante con su vestido blanco, Vanessa había echado un vistazo desde detrás de las cortinas de la suite que había sido preparada para la novia. Abajo, el novio charlaba con los más de trescientos invitados que habían llegado aquella mañana con sus yates y que se iban reuniendo en el jardín.

A Callie aquello le parecía una boda de cuento de hadas. *Isola di Gemma*, la isla privada de los Rainero tenía un nombre muy apropiado. Era una joya en mitad del Adriático, a unas treinta millas de la costa italiana.

Pero, al igual que su hermana, ella apenas se fijó en las enormes urnas con flores exóticas que rodeaban el arco de flores donde tendría lugar la ceremonia, ni las filas de elegantes sillas de hierro blanco unidas las unas a las otras con lazos de satén. En vez de eso, se asomó al balcón para poder ver al hermano pequeño del novio, que estaba muy concentrado tratando de colocarse la gardenia en la solapa de su chaqueta blanca.

Había llegado en helicóptero a la isla la noche antes, justo a tiempo para cenar, y Callie se había quedado con la boca abierta nada más verlo. Era guapo y encantador, con una elegante sofisticación que hacía juego con su aspecto.

No había sido capaz de dejar de pensar en él desde

ese momento. Incluso había soñado con él. Puede que
la boda de Vanessa fuera de cuento de hadas, pero,
en la opinión de Callie, el padrino era lo más parecido
al príncipe.

–Sí –le contestó a su hermana, inclinándose sobre
la barandilla del balcón–. Es… divino.

Como si pudiera leerle el pensamiento, él levantó la
vista y la miró, dirigiéndole una sonrisa devastadora,
como si entre ellos guardaran un secreto demasiado
perverso como para poder compartirlo con nadie más.

–Apartaos de ahí las dos –dijo su madre–. Da mala
suerte que el novio vea a la novia antes de tiempo. Y,
aunque ver cómo la dama de honor se cae desde el balcón puede que entretenga a algunos, dudo que a tu futuro suegro le impresione, Vanessa.

¡Cierto! Salvatore Rainero no había disimulado el
hecho de que tenía reservas con respecto al matrimonio de su hijo con una estadounidense. Que conside-
raba a Audrey Leighton y a sus dos hijas socialmente
inferiores y, posiblemente, cazafortunas. Pero a Ermanno le había dado igual, y pretendía casarse con Vanessa con o sin el consentimiento de su padre.

Por suerte su madre, Lidia, le había dado la bendición a la pareja. Por muchos fallos que tuviera, Salvatore era un marido devoto y adoraba a su esposa. Si
ella estaba dispuesta a aceptar en la familia a un nuevo
miembro, entonces él se tragaría las reservas y seguiría
adelante con la fastuosa boda.

Y fastuosa significaba litros y litros de champán, un
festín digno de la realeza y una tarta de dos pisos dise-
ñada por los mejores pasteleros de Roma. Sin embargo, para Callie el punto álgido de la velada fue
cuando el padrino la llevó a la pista de baile y la tomó
entre sus brazos.

Casi se derritió al contemplar sus ojos negros, al
sentir sus manos deslizándose por su espalda y pegán-
dola a su cuerpo. Intoxicada por su aroma y por el po-

der de su masculinidad, ella dejó que moldeara su cuerpo contra el suyo.

—Es increíble que una hermosa *damigella d'onore* le quite protagonismo a la novia —le murmuró Paolo al oído—. Es una suerte para mí que mi hermano eligiera casarse con tu hermana y que me haya dejado con el primer premio.

Más tarde, Paolo estuvo bailando con su madre, con la madre de la novia y con las otras cuatro damas de honor. Bailó el vals con una tía viuda suya y se contorsionó sobre la pista con las niñas de las flores. Bailó el boogie con algunas mujeres casadas y luego las devolvió con sus maridos, todas ellas sonrojadas y vacilantes a la hora de dejarlo marchar.

Finalmente, cuando las risas y la música estaban en su punto culminante, volvió a buscar a Callie.

—Ven conmigo, *mia bella* —dijo tomándole la mano y alejándola de las luces de la terraza, hasta las sombras del jardín—. Deja que te enseñe nuestra isla. Es mucho más bonita a la luz de la luna.

—Creo que debemos quedarnos hasta que desaparezcan los novios —dijo Callie, aunque la idea de estar a solas con él la hacía temblar por la anticipación.

—Pero es que no se marcharán —contestó él mientras tomaba una botella de champán abierta de una de las cubiteras—. Las bodas italianas no terminan cuando se pone el sol. La celebración dura hasta altas horas de la madrugada. Regresaremos antes de que nadie nos eche en falta.

Callie libró una batalla perdida contra su conciencia, sabiendo que su madre no aprobaría que abandonara su deber como dama de honor para escaparse con el padrino. Pero el protocolo de las bodas no tenía nada que hacer frente al magnetismo de Paolo.

Lo siguió de la mano mientras él bordeaba la maleza que separaba el jardín propiamente dicho de la orilla.

—Es alucinante —susurró ella al contemplar la imagen.

Paolo simplemente sonrió, la apartó más aún del jolgorio de la celebración y dijo:

—Aún no has visto nada. Sígueme.

Fue entonces cuando Callie se sintió insegura por primera vez. Al fin y al cabo, ¿qué sabía de él?

—¿Qué pasa, Caroline? —preguntó él como si le hubiera leído el pensamiento, levantándole la barbilla con la mano—. ¿No eres la mujer que pensé que eras, sino una chica tímida e inexperta que no está acostumbrada a las atenciones de un hombre como yo? Si es así, no tienes más que decirlo y te llevaré de vuelta con tu madre.

—No —dijo ella—. Quiero estar contigo, Paolo.

Entonces él le dio un beso caliente y cargado de pasión. Nunca antes la habían besado de ese modo, con una delicadeza tan ardiente a la vez. Nunca había saboreado así a un hombre. Nunca habría imaginado que las embestidas de su lengua en su boca pudieran provocar en ella un ansia semejante en la zona de su cuerpo que ningún chico había visitado antes.

Consciente del deseo que sentía, dejó que la guiara a través de un saliente de rocas hasta llegar a una zona de la playa semioculta. Allí se alzaba una cabaña, un lugar perfecto para un encuentro ilícito.

Sin decir palabra, entró con él y dejó que la tumbara a su lado en un banco lleno de cojines. Se rió y fingió estar acostumbrada al champán, bebiéndolo directamente de la botella, como hacía él.

El alcohol recorrió su sangre, haciéndole olvidar sus inhibiciones. Sintió cómo Paolo utilizaba las manos para juguetear con los tirantes de su vestido y cómo el aire fresco de la noche acariciaba sus pechos.

En algún momento se le ocurrió que debía decirle que parara, pero Paolo estaba besándole la oreja y su-

surrándole palabras en italiano a las que ninguna mujer se habría resistido.

Entonces sintió su boca en su pecho. Lo agarró del pelo y comenzó a gemir de placer. Quería más, y él también.

Paolo la apretó contra el banco y deslizó la mano bajo su falda, recorriendo sus piernas hasta meterse entre sus muslos.

Caroline se puso rígida y se sintió avergonzada. No quería que descubriera que sus bragas de satén estaban húmedas.

Paolo detuvo la mano en ese momento y levantó la cabeza para mirarla.

—¿Quieres que pare? Quizá no lo desees tanto como me has hecho pensar.

—¡Claro que lo deseo! —susurró ella, desesperada y aterrorizada a la vez. Desesperada por que continuara, aterrorizada de que lo hiciera.

—¿Estás segura?

—Sí, estoy segura —contestó ella—. Quiero hacer el amor contigo, Paolo.

Él seguía sin parecer convencido, así que Caroline dio un trago a la botella de champán, se asió al falso coraje que eso le proporcionó e hizo lo impensable. Apretó los muslos y dejó la mano de Paolo prisionera entre ellos. Al mismo tiempo, estiró las manos hacia abajo y se atrevió a tocarlo.

Estaba increíblemente excitado, y Caroline recorrió su erección suavemente con los dedos.

El gemido que inundó la habitación le proporcionó una increíble sensación de poder. Era un hombre alto y fuerte que habría sido un gran oponente ante cualquier otro hombre. Sin embargo ella, midiendo mucho menos, lo tenía cautivo en la palma de la mano. Literal y figuradamente. Era su prisionero, su esclavo.

Más ansiosa que nunca, Caroline le desabrochó el botón de los pantalones y la abrió la bragueta. Introdujo los dedos por debajo de sus calzoncillos hasta que por fin pudo sentir su piel caliente y suave como la seda en su mano.

Se quedó mirándolo sorprendida. Sabía cómo eran los hombres. En la privacidad de los dormitorios del internado de chicas al que había ido, ella y sus amigas habían ojeado revistas prohibidas y se habían reído al contemplar aquellas imágenes que no dejaban nada a la imaginación. Pero nada de lo que había aprendido la había preparado para lo que estaba viendo en ese momento.

—¡Oh! —suspiró recorriendo su erección con los dedos.

Entonces perdió cualquier sensación de tener el control. Con un gemido suave, Paolo le levantó la falda por encima de la cintura, le quitó las bragas y las tiró al suelo. Se colocó sobre ella, le separó las piernas y la penetró.

El dolor se hizo paso entre la euforia que sentía gracias al champán, y tuvo que morderle el hombro para amortiguar su grito. Aquello no era como se suponía. Debía ser lento y tierno. Él debería abrazarla y decirle que la quería, y no apartarse de golpe y decir:

—*Dio!* ¿Eres *vergine*?

Ella le rodeó el cuello con los brazos y lo acercó hasta que sintió su torso contra sus pechos.

—No —susurró—. No te preocupes, Paolo. No soy virgen.

—Sí —dijo él aguantando el peso sobre sus codos y acariciándole la mejilla con dedos temblorosos—. Cariño, no te habría tratado así, no te habría traído aquí si…

—¡Calla! —dijo ella suavemente y, al sentir que Paolo se retiraba, apretó los muslos con fuerza. Porque, sorprendentemente, el malestar había pasado, al igual que el miedo—. Esto es lo que quiero, lo que necesito, por favor, Paolo.

Él no parecía convencido, así que, temiendo que su encuentro acabara antes de empezar, Caroline se dejó llevar por su instinto, levantó las caderas y comenzó a frotarse contra él.

Su respuesta fue inmediata y poderosa. Gimió con desesperación y la penetró una y otra vez, como tratando de borrar la enormidad de algo que deseaba no haber comenzado jamás pero que no tenía intención de detener.

Encontrándose de nuevo en territorio desconocido, Callie trató de responder apropiadamente ante aquella corriente que ella misma había desatado. No estaba segura de lo que se esperaba de ella, o de cómo terminaría, pero estaba segura de no querer decepcionarlo.

Sin embargo, descubrió que no era tan difícil seguir su ritmo, ni susurrar su nombre con deseo. Cuando la velocidad de sus movimientos aumentó, gimió inesperadamente y le clavó las uñas en los hombros con una inmensa sensación de felicidad.

—Sí —dijo él agarrándole las nalgas—. ¡No pares, cariño! ¡Deja que ocurra! ¡Quiero sentir cómo llegas!

En ese momento Callie se quedó de piedra.

¿Llegar al orgasmo? No tenía ni idea de cómo. Sabía, se suponía, que debía hacerlo, y sabía que, si no lo hacía, lo decepcionaría después de todo. Había visto suficientes películas como para hacerse una idea de lo que era un orgasmo. Así que comenzó a agitar la cabeza de lado a lado, a moverse arriba y abajo y emitió un gemido al más puro estilo *Cuando Harry encontró a Sally*.

—Oh, sí, Paolo. ¡Sí!

Pareció funcionar porque, tras una breve pausa, Paolo se puso tenso, se estremeció violentamente y se colapsó sobre ella.

Había acabado. Había sobrevivido al fuego sin apenas quemarse, o eso creía. Hasta que él se apartó y dijo:

–Nos tomaremos un descanso y luego lo volveremos a intentar, Caroline. Y la próxima vez, llegarás.

–No sé lo que quieres decir, Paolo –mintió ella.

–No –dijo él–. Eso ya lo sé. Pero será un placer para mí enseñarte lo que significa el verdadero éxtasis sexual. Y, cuando haya acabado contigo, *cara*, nunca más tendrás que volver a fingir un orgasmo. Al menos no cuando estés conmigo.

–Tienes un aspecto horrible, Caroline. Decididamente no estás bien. ¿Estás mareada por el avión? Si es así, puedo pedir que te traigan algo para el mareo.

El pasado la había atrapado con tal fuerza que a Callie le llevó un rato regresar al presente y darse cuenta de que el hombre que la observaba preocupado era el mismo que la había humillado brutalmente nueve años atrás.

–No –dijo ella dando un trago a su vaso de agua. Era él, y no el avión, el que la ponía enferma–. Estoy perfectamente bien.

–¡Y yo no me lo creo! ¿Acaso he hurgado demasiado en la herida? ¿Te he removido la conciencia un poco?

–Me has recordado lo cerdo que eres –dijo ella–. No puedo creerme que lo hubiera olvidado.

–¿Cerdo?

–Eso es. Sólo un cerdo sería capaz de sacar a la luz una noche insignificante enterrada en el pasado cuando su hermano y su cuñada acaban de morir, dejando dos huérfanos.

–No son huérfanos, Caroline –contestó él–. Los niños tienen abuelos y un tío que se preocupa mucho por ellos.

–También tienen una tía. Y yo me preocupo por ellos tanto como tú o tus padres.

–¿Sí? –dijo él acariciándose la mandíbula perezosamente–. A no ser que me equivoque, y raramente lo hago, creo que ya hemos tenido esta discusión. Por razones que escapan a mi entendimiento, elegiste ser tía sólo de nombre para los gemelos, lo cual hace que tu profundo afecto por ellos sea difícil de creer.

«Aquí viene», pensó Callie. «Por fin estamos yendo al grano».

–Encontraría ese comentario totalmente ofensivo si no fuera tan absurdo –dijo ella tratando de controlarse–. Pero como lo es, tu asunción me da risa. No tienes ni idea del tipo de conexión que yo siento con esos niños.

Él se encogió de hombros y dijo:

–Te repito que es difícil imaginar que sientas conexión de ningún tipo teniendo en cuenta el poco tiempo que has pasado con ellos.

–Vivimos muy lejos. No es fácil dejarse caer cada vez que a una le apetezca.

Paolo señaló la tapicería de cuero del avión, el fino cristal y la porcelana que había sobre la mesa de caoba.

–Gracias a los avances tecnológicos, por no mencionar el confort, el mundo es cada vez más pequeño, Caroline.

–Llevo una vida muy ocupada, al igual que la llevaba mi hermana.

–Claro que sí –asintió él–. Ella viajaba mucho con mi hermano. Él estaba muy implicado con el negocio familiar de automóviles.

–Lo sé. Vanessa y yo estábamos en contacto, aunque no nos viéramos mucho.

–Entonces también sabrás que, cuando Clemente y Gina comenzaron a ir al colegio, no siempre tenían libertad de acompañar a sus padres. Así que se quedaban con sus abuelos.

–¿Adónde quieres llegar?

–Quiero llegar a que mi madre y mi padre han invertido mucho tiempo y esfuerzo en el bienestar de sus nietos. Y ésa es la verdadera razón por la que quería recibirte en París. Porque, si pretendías alterar el status quo, quería quitarte esa idea de la cabeza antes de llegar a Roma. No dejaré que mis padres se disgusten más de lo que ya lo están.

Por desgracia, eso sería inevitable, pero Callie decidió que no era el mejor momento para decírselo.

—No disfruto causándole dolor innecesario a la gente, Paolo. No es mi estilo.

—Mi padre se alegrará de escuchar eso. Mi madre ya está sufriendo mucho. Él no permitirá que tú ni nadie la disgusten más.

¡Claro! El señor Salvatore Rainero pensaba que sólo bastaba con chasquear los dedos para que el resto del mundo se desviviese por cumplir sus deseos.

Bueno, desde luego Ermanno no lo había hecho, ni tampoco Callie estaba dispuesta a hacerlo. No es que disfrutara causándoles más dolor del que ya debían de estar sufriendo, pero ellos no eran los únicos con derechos.

—Sólo para que nos entendamos, Paolo. No dejaré que nadie me eche a un lado. Ni tú ni tu padre. Yo acabo de perder a mi única hermana.

—Y yo a un hermano. Eso no debería convertirnos en enemigos.

—Pues parece que tampoco nos ha hecho amigos, con todo eso que mencionabas por teléfono sobre la familia.

—Hay familia y familia, Caroline. Harías mal en interpretar mis palabras como algo que no fuera una muestra de confort y compasión en un momento en que tanto lo necesitas. Mi lealtad siempre es lo primero con los parientes de sangre.

—Y la mía también. Te guste o no, los gemelos están tan unidos por sangre a mí como a tu familia, y te prometo que no pienso tomar un asiento de espectadora en esta función. Pretendo tener un papel muy activo en el futuro de mis sobrinos.

—Entonces me equivocaba. Estamos destinados a ser enemigos. Y deberías saber que soy muy buen rival, cariño. Pregúntale a cualquiera que me haya desafiado y te dirán que yo no hago prisioneros.

Capítulo 3

EN COMPARACIÓN con el día brillante que hacía fuera, la cripta de la familia Rainero estaba oscura y terriblemente fría. Era el típico frío que se le metía a uno hasta los huesos. Un frío mortal. Ni siquiera el sol habría podido calentar aquel lugar.

Para Callie, aquella última parte del funeral era la más difícil de llevar. La iglesia en Roma había estado llena de gente, con calor humano y emociones. El sonido del órgano, el olor a incienso, las flores y los himnos, todo hablaba de esperanza y de eternidad. Pero allí, en la *Isola di Gemma*, donde sólo se había reunido la familia inmediata y un cura, la presencia de la muerte se hacía evidente.

Junto a ella, vestido con traje y corbata negros, Paolo tenía la cabeza agachada y las manos unidas a la altura de la cintura.

Junto a él, su madre lloraba en silencio, con las manos puestas sobre los hombros de sus nietos, que estaban delante de ella, haciéndoles saber que no estaban solos.

Salvatore Rainero completaba el grupo. Su expresión era difícil de interpretar, pero Callie sabía que, si hubiera dependido de él, ella no habría estado incluida en aquella parte del funeral. Desde su llegada al apartamento de los Rainero en Roma, él se había mantenido educado pero distante.

Pero él no había sido el único. Los niños la habían recibido con caras de dolor y ojos caídos.

—Hola —había dicho ella, sintiendo cómo se le rompía el corazón—. ¿Os acordáis de mí?

–Tú eres nuestra tía de Estados Unidos –contestó Gina–. La hermana de mamá.

–Eso es. Os llevó a visitarme cuando teníais tres años, y luego con cinco –dijo ella arrodillándose para darles un abrazo–. Siento mucho lo que ha ocurrido. Nunca pensé que la próxima vez que nos veíamos sería… –tuvo que hacer una pausa para contener las lágrimas–. Aún tenéis a la abuela y al abuelo, y a vuestro tío Paolo. Pero quiero que sepáis que también me tenéis a mí, y que os quiero mucho.

Los dos niños se quedaron rígidos como tablas, aguantando el abrazo porque estaban demasiado bien educados como para apartarse. Pero ella pudo sentir su indiferencia y eso le dolió. Le dolió mucho.

Sin embargo, su abuela había extendido los brazos y había recibido a Callie abiertamente. La ternura de Lidia, teniendo como tenía su propia pena que llorar, la había llenado de culpa.

No era de extrañar que Paolo fuera tan protector con su madre. Era una mujer que pensaba siempre en los demás antes que en ella. El hecho de tener que perder pronto a sus nietos a favor de una desconocida sería un duro golpe.

Claro que Callie no tenía intención de negar a los abuelos el derecho a ver a sus nietos, ni siquiera a Paolo. Sus razones para reclamar a los niños no se basaban en la malicia ni en la venganza. Tenían que ver con promesas que se habían hecho hacía ocho años, cuando los niños eran recién nacidos. Pero los Rainero descubrirían pronto lo que ella había descubierto hacía tiempo: que incluso con las mejores intenciones, mantener el contacto con alguien que vive al otro lado del mundo siempre es difícil.

Por supuesto que en su caso había habido más cosas aparte de una cuestión de kilómetros. A los diecinueve años, la única manera que había tenido de enfrentarse a su situación había sido poner distancia entre ella y los niños.

La primera vez que Vanessa y Ermanno habían sugerido adoptar a los gemelos, había parecido la mejor situación. Al menos la mejor para los niños, porque ¿qué tenía Callie que ofrecerles aparte de su amor?

Su hermana y su cuñado, por otra parte, podrían darles el tipo de vida que un niño merecía.

Embarazada de quince semanas y desesperada como estaba, Callie había pensado que ésa sería la solución. Pero, según había ido pasando el tiempo, se había ido sintiendo cada vez menos segura. Eran sus bebés. Los había concebido y los había llevado en su vientre.

Con el sudor cayéndole por la cara y sin marido devoto a su lado, había dado a luz a sus hijos. Y, cuando los había tomado en brazos, ambos habían llenado el hueco que sentía en el corazón y que había dejado el hombre que jamás sabría que había engendrado a las dos criaturas más maravillosas del mundo.

¿Renunciar a ellos? No mientras le quedara un soplo de vida. Pero al final había tenido que hacer el sacrificio. Por el bien de los niños. Porque ella era demasiado joven y no podía mantener a un niño, y mucho menos a dos.

¿Quién habría imaginado que la tragedia intervendría de tal manera que volviera a darle la oportunidad de ocupar el lugar que por derecho le pertenecía? Era su derecho. Ella era la madre de los niños.

Volvió a mirar a los niños, situados junto a su abuela y con la cara contraída por el frío. La noche anterior, Gina había llorado hasta quedarse dormida, rechazando los intentos de Callie por tranquilizarla. Ella quería a su abuela.

La tristeza de Clemente era más contenida. Hablaba poco, pero la pérdida era visible en sus ojos, donde podía advertirse una callada inseguridad. Dos semanas antes, seguro que había confiado ciegamente en la indestructibilidad de sus padres. En su mente inocente, puede que contemplara la muerte de los ancianos, pero jamás la de los padres.

De pronto Callie sintió un nudo en la garganta. ¿Cómo iba a ser capaz de apartar a los niños de su familia? ¿Cómo pretendía que echaran raíces en un país extranjero donde no conocían a nadie y con una mujer que les era prácticamente desconocida?

Pero, por otra parte, ¿cómo iba a abandonarlos de nuevo cuando Vanessa le había dicho que, en el testamento, la nombrarían a ella como única tutora de los niños? ¿Iba a ignorar la última voluntad de su hermana?

«Prométeme que te ocuparás de ellos si algo nos sucediera a nosotros. Lidia y Salvatore son demasiado mayores para ocuparse de dos niños y Paolo no está hecho para ser padre. Pero tú, Callie, eres la elección perfecta, la única elección».

De pronto sintió una mano en la espalda. Una mano que la pilló por sorpresa.

—Esto es duro, pero cuenta conmigo, *cara* —murmuró Paolo—. Pronto habrá acabado.

Se equivocaba. Nunca acabaría. No importaba cómo se resolvieran las cosas, porque alguien acabaría profundamente dolido.

El torrente de compasión, la necesidad de tomarla entre sus brazos y consolarla pilló a Paolo por sorpresa. Pensaba que estaba armado contra ella, creía que su alianza con sus padres era invencible ante una persona que podría causar estragos en la familia.

Después de su confrontación en el vuelo hacia Roma, había quedado patente que Caroline era capaz de eso y de mucho más. Había visto la determinación en el modo en que había levantado la barbilla, en el brillo de sus ojos azules. Había advertido la amenaza detrás de su declarada intención de jugar un papel activo en el futuro de los niños.

La dama de honor insegura y ansiosa por complacerlo que había conocido en la boda de su hermano se había convertido en una mujer con determinación de hierro. Había tratado de ignorar el hecho de que, desde su llegada, Caroline se había mostrado muy tierna con su madre y con los niños. Al fin y al cabo, era lo suficientemente inteligente para no alienar a aquellos a los que necesitaba como aliados.

Sin embargo, al verla en el funeral, se había conmovido profundamente. De pronto no parecía la mujer dura y decidida que era, sino una criatura triste en busca de protección. El brillo en sus ojos y el temblor en sus labios enfatizaban aquella sensación.

Había caminado sola, con la cabeza alta, mientras la familia caminaba hacia la cripta. Pero cuando terminó el entierro, la tomó del brazo y, a pesar del gesto censurador de su padre, la escoltó de vuelta a la villa.

—Recuerdo la última vez que estuve aquí —dijo ella tras detenerse en el camino de piedra caliza para mirar al mar—. Nunca pensé que, cuando volviera, sería para enterrar a mi hermana.

—Ninguno lo pensamos, Caroline —dijo él apretándole la mano con fuerza.

—La echo tanto de menos —murmuró Callie mientras una lágrima se deslizaba por su mejilla—. Incluso aunque viviéramos tan lejos, ella siempre estuvo allí cuando la necesité.

—Lo sé. Te quería mucho.

—Sí. Mucho más de lo que tú puedas comprender.

Al sentir la pasión que teñía su pena, Paolo notó cómo su compasión se convertía en desconfianza. En los últimos seis años, a medida que había ido haciéndose cargo del negocio familiar, había aprendido a interpretar a la gente. Y sus instintos le decían que Caroline ocultaba un secreto, uno tan grande que hacía que sus ojos se humedecieran.

Aunque deseaba que pudiera ser de otra manera, su instinto también le decía que tenía que averiguar ese secreto antes de que ella pudiera usarlo como arma en la batalla legal por la custodia que sabía que se avecinaba.

—Antes de volver a tierra firme —dijo él, no queriendo levantar sus sospechas—, el padre Dominic se quedará con mis padres para tomar una copa de vino y acompañarlos en su dolor. No puedo hablar por ti, pero yo ya he tenido suficiente de todas esas cosas. En este momento, lo único que sé es que he perdido a mi hermano, y que tú eres la única persona que sabe exactamente cómo me siento. ¿Te apetecería dar un paseo conmigo por los jardines antes de que el sol se ponga?

—Preferiría estar con los niños.

—Yolanda estará con ellos durante su cena. Será mejor que estés con ellos después, antes de que se vayan a la cama.

—¿Quién es Yolanda?

—Nuestra ama de llaves. Ella y su marido viven en la isla y mantienen la villa preparada para cuando la familia decide venir. No tienes por qué preocuparte, Caroline. Conoce a los niños desde siempre. Están muy a gusto con ella.

—Supongo que un poco de aire fresco no me vendrá mal. Cualquier cosa es mejor que el olor de los lirios. Solían ser una de mis flores favoritas, pero ahora sólo son un recuerdo de...

—Para mí también —dijo él mientras la conducía por un sendero que deambulaba por los jardines—. A Ermanno tampoco le gustaban.

—¿Estabais muy unidos?

—Mucho, sobre todo en los últimos años. Él era mi mentor, mi héroe. Si no hubiera sido por él, nunca habría llegado a ser nada más que el hijo vago de un hombre rico sin ambiciones más allá de mantener su estilo de vida. Si no llega a ser por él, a lo mejor habría muerto.

Paolo se detuvo, incapaz de continuar al pensar en la verdad que había en aquellas últimas palabras. Podía ver la indignación en la cara de su hermano, escuchar el sonido de su voz como si hubiera sido ayer cuando había agarrado a Paolo del cuello, lo había zarandeado y lo había tirado al suelo.

«Haces que me avergüence admitir que eres mi hermano. Has traído la deshonra a la familia Rainero, a todos y a todo lo que tocas. ¿Qué hace falta para que te comportes como un hombre y no como un niño mal criado? ¿Cuántas veces le romperás el corazón a nuestra madre antes de que se rinda, sabiendo que el miedo por lo que puedas hacer después es demasiado para ella? ¿Cuántos malditos coches, cuando corazones rotos, Paolo? ¿Cuántos padres andan pidiendo tu cabeza por cómo has tratado a sus hijas? ¿Cuántos maridos en busca de venganza por arruinar sus matrimonios?

Bien, esta vez el apellido Rainero y el dinero no te sacarán de atolladero. Esta vez recibirás tu castigo, y eso empieza por enfrentarte a nuestro padre. ¿Sabías que sufrió un ataque al corazón cuando la policía se presentó en su casa y le dijo que te habían detenido por agresión? ¿Y que ahora está en la cama de un hospital y no hay garantía de que sobreviva? ¿Acaso te importa?».

Por primera vez, Paolo no había sabido qué responder, no había tenido a quién culpar. Tras haber pasado una noche en la cárcel, rodeado de lo peor de la sociedad romana, se había visto a sí mismo a través de los ojos de su hermano.

—¿Qué quieres decir con que, a lo mejor, habrías muerto? –preguntó Caroline.

—Yo no era un hijo modelo –dijo él–. Hizo falta ver a mi padre en la cama de un hospital, y saber que yo había provocado todo eso, para darme cuenta de mis errores.

—Ahora que lo mencionas, recuerdo que Vanessa me contó que había estado enfermo. Un problema cardíaco, ¿verdad?

—Sí. Por suerte, su fuerza de voluntad fue más fuerte que su corazón. Se recuperó increíblemente.

—Es el típico que se recupera.

—No te cae muy bien, ¿verdad?

—No —dijo ella sin más—. Él siempre pensó que las Leighton no éramos lo suficientemente buenas para que nos asociaran con los Rainero.

—Cuando llegó a conocer mejor a tu hermana, cambió de opinión respecto a eso. Llegó incluso a decir que era como una hija para él.

—Supongo que no le quedó más remedio que aceptarla. Al menos ella no puso su vida en peligro, como dices que hiciste tú. Por cierto, ¿cómo llegaste a eso?

—Lo avergoncé públicamente. Es un hombre muy orgulloso, pero siempre ha sido un buen padre, y le dolió mucho el descubrir que yo no merecía su afecto y mucho menos su confianza.

—Ahora parecéis llevaros bien. ¿Cómo te redimiste?

—Acepté la responsabilidad de mis actos. En vez de dar por hechos los privilegios de ser hijo de padres ricos, comencé a ganármelos. Tomé el lugar que me correspondía en el negocio familiar.

—¿Te refieres a sentarte tras una mesa de despacho y dar órdenes? —preguntó ella.

—No, Caroline. Empecé desde abajo, aceptando órdenes y aprendiendo de hombres que, a veces, eran más jóvenes que yo, y pude llegar a una posición de autoridad sólo después de haberme ganado su respeto. Me enderecé.

—Supongo que más vale tarde que nunca.

—Sí —dijo él—. Y eso me recuerda un tema que los dos estamos evitando sacar, salvo de pasada. Me refiero, por supuesto, a la noche de la boda de mi hermano.

—No quiero volver a hablar de eso —dijo ella tratando de liberar su brazo.

—Me temo que debemos hacerlo —añadió Paolo apretándole la mano—. Al menos permite que me disculpe. Lamento haberme comportado como lo hice. Me parece que te traté injustamente aquella noche.

—¡Hiciste mucho más que eso! —exclamó Caroline, y se llevó la mano a la boca, como si de repente hubiera dicho más de lo que quería.

—¿Qué quieres decir, Caroline?

—No importa —masculló ella. Da igual.

—Si es algo que sigue causándote dolor tantos años después, desde luego no da igual. ¿Cuáles fueron mis otros pecados?

—Bueno, presumes mucho de ser muy listo, así que averígualos tú mismo. No fue sólo esa noche. Fue al día siguiente y… la semana siguiente.

—Pero si sólo estuvimos juntos aquella vez, Caroline.

—Sí, y no podías haberme dejado más claro que no debía esperar nada más.

—¿Querías algo más? —preguntó él.

—¡Claro que no! —contestó ella con vehemencia—. Pero ésa no era razón para seducir a otra mujer en mis narices.

—Siempre había otras mujeres en aquella época, *cara*.

—Y tú dejaste claro que yo era una más de ellas.

—*Mea culpa!* Mi comportamiento fue inexcusable —dijo él agarrándole la barbilla con una mano para obligarla a mirarlo—. Pero, sin tratar de quitarme culpa, he de decir que tú tampoco puedes salir impune. Me hiciste creer que tenías experiencia en el terreno sexual cuando no era cierto.

—¡Me sorprende que aún lo recuerdes!

–Esa amargura que tienes, después de tanto tiempo, no es proporcionada –dijo él mirándola concienzudamente–. ¿Qué es lo que no me estás diciendo, Caroline? ¿Qué ha estado devorándote todo este tiempo que sigues tan llena de ira hacia mí?

Ella se quedó quieta y muy pálida.

–Nada. Verte de nuevo aquí, en la isla, ha hecho que lo recuerde todo otra vez.

–¿Todo?

–Te reíste de mí. Me hiciste sentir inadecuada, sin esperanza con respecto al sexo.

–Eras inexperta, sí. Pero también eras encantadora. Aquel vestido de gasa que llevabas hacía que parecieras una princesa.

–Ni se te ocurra tratar de halagarme otra vez, Paolo –dijo ella con frialdad–. Sé que quedé en ridículo.

–¿Y si no se trata de un halago? ¿Y si finalmente estoy admitiendo una gran verdad? Eres una mujer hermosa, Caroline, y sé que no soy el primer hombre que te lo dice.

Caroline se sonrojó y se humedeció el labio inferior con la lengua, haciendo que Paolo se preguntara cuántos hombres habrían saboreado aquellos labios en los últimos nueve años. Era más que hermosa. Era exquisita, delicada, femenina. ¿Cómo había sido capaz de pasar por alto todo aquello la primera vez?

–Creo que quiero irme dentro –dijo ella agarrándose el cuello del abrigo.

–¿Te abochorno hablando con franqueza?

–No, pero me sorprende. Hemos estado enfadados desde que llegamos de París. De hecho apenas me has dirigido la palabra en los últimos cuatro días, y ahora te deshaces en cumplidos. Perdóname si no me lo creo.

–Quizá me haya equivocado. Quizá te haya juzgado mal. ¿No es eso posible?

–Posible –dijo ella encogiéndose de hombros–, pero no probable.

–Entonces quizá seas tú la que me ha juzgado mal.

–Supongo que es igual de posible.

–¿E igual de improbable?

–Permíteme que lo dude.

–Entonces propongo que hagamos una tregua. Al menos por ahora –dijo él agarrándola del brazo.

Caroline inclinó la cabeza hacia un lado. Fue un gesto mínimo, pero suficiente para hacer que su melena rubia se deslizara sobre su hombro. Paolo necesitó de todo su autocontrol para no deslizar los dedos entre su pelo.

–Supongo que no me hará daño el intentarlo.

Él no estaba tan seguro. De pronto, ninguna de las verdades a las que se aferraba parecía tan absoluta como pensaba.

–He decidido que deberíamos quedarnos aquí una semana más –anunció Salvatore cuando los adultos se reunieron en el salón a tomar café después de la cena–. Es un lugar tranquilo, un lugar donde empezar a recuperarnos.

–¿Otra semana? –preguntó Callie–. Yo esperaba estar en casa para entonces.

–No tenemos intención de retenerte, si tanta prisa tienes por dejarnos, Caroline –dijo Salvatore observándola fijamente.

–No es que tenga prisa, señor Rainero. Han sido ustedes unos anfitriones muy amables y les estoy muy agradecida. Sin embargo, tengo obligaciones en San Francisco.

–Y son más importantes en este momento, ¿verdad?

Con qué facilidad conseguía tergiversar sus palabras.

–En absoluto –dijo Callie desafiándolo con la mirada–. Pero vine aquí enseguida y dejé cosas pendientes en el trabajo. No se me permite estar ausente más tiempo del estrictamente necesario.

—Lo comprendo. Eres una persona que se preocupa por su carrera. Confieso que lo había olvidado. Ya ves que en mi familia las mujeres se dedican a ser esposas y madres.

—¿Y qué ocurre con las que no quieren casarse ni tener hijos?

—No existe tal criatura —dijo él escandalizado.

—Debe de vivir en la edad media si sigue pensando así.

Paolo miró a su padre y sonrió. Tras una pausa apenas perceptible, Salvatore también sonrió y dijo:

—Admito que estoy un poco chapado a la antigua. Dime qué es lo que tú haces que te mantiene tan absorbida, querida.

—Soy arquitecta —contestó Caroline, un poco confusa ante el cambio de tema.

—Debes de ser muy lista. ¿En qué estás especializada?

—En la restauración de casas victorianas.

—Una labor admirable —dijo Salvatore—. No pensamos de forma tan diferente al fin y al cabo. Los dos sabemos lo importante que es preservar el pasado. Debes de haber empleado años para adquirir los conocimientos necesarios para tal trabajo. ¿Dónde estudiaste?

—En Estados Unidos —contestó ella, sintiéndose inquieta por ser el centro de toda su atención. Sabía que su cerebro era como una trampa mortal. Una trampa que estaba en funcionamiento en ese momento, tratando de hacerle caer.

Aunque no era el único.

—Estás siendo muy modesta, Caroline —dijo Paolo—. Por lo que recuerdo, ganaste una beca en una de las universidades de la Liga Ivy. Era Smith, ¿verdad?

—¿Smith? —preguntó Salvatore—. Entonces no es de extrañar que no tengas tiempo para casarte y tener hijos. Habría sido una pena desperdiciar la oportunidad de tener una educación tan buena. ¿Cuánto tiempo estuviste allí?

–No estuve –dijo ella, desesperada por sacar otro tema–. Y no he dicho que…

–¿Quieres decir que no fuiste a Smith después de todo? ¿Por qué no? –la interrumpió Paolo.

–¿Qué importa? –contestó ella molesta–. Lo que intento decir, si tenéis la cortesía de dejarme acabar una frase, es que nunca he dicho que no quiera tener hijos. De hecho espero tener en breve esa responsabilidad. Lo estoy deseando.

–¿Vas a casarte?

–¿Estás embarazada?

Casi simultáneamente, Paolo y Salvatore le lanzaron las preguntas.

–No –contestó ella, sabiendo que se había puesto entre la espada y la pared. Ya no había escapatoria, a no ser que quisiera aparentar que no le importaba en absoluto lo que les ocurriese a los niños–. Estoy hablando de Gina y Clemente. Sé que esto es una sorpresa y quiero aseguraros que no pretendo hacer daño, pero soy capaz de darles a los gemelos un hogar en Estados Unidos, y me preguntaba si sería bueno para ellos vivir conmigo durante un tiempo al menos.

A Lidia se le cayó la taza de café sobre la tapicería del sofá y dijo:

–Oh, Caroline, ¿por qué ibas a hacer una cosa así? ¿Crees que no los queremos lo suficiente? ¿Que dejaremos que se olviden de su madre?

–No, Lidia –dijo Callie–. Sé lo mucho que los queréis. Pero yo también los quiero y, creedme, estoy más que capacitada para ocupar el lugar de su madre.

–¡Y un cuerno! –exclamó Salvatore dango un golpe con la mano sobre la mesa del café–. Estúpida, ¿crees que nos quedaremos de brazos cruzados viendo cómo te llevas a nuestros nietos lejos del único hogar que han conocido? ¿Y encima a vivir con una mujer que antepone su trabajo a su familia?

–Ésas son sus conclusiones, señor Rainero, no las

mías. A mí jamás se me ocurriría relegar a los niños a un segundo plano. De hecho sería al contrario. Pediría permiso en el trabajo y me dedicaría a cuidar exclusivamente de ellos. En cuanto a lo de apartarlos de ustedes, eso es una tontería, y nada más lejos de mi intención. Espero que los visiten a menudo. Pero también pienso que un cambio de escenario les favorecería en estos momentos. Creo que aprender algo del país de su madre les vendría bien para preservar su memoria.

—Lo que tú creas o pienses no importa —dijo Salvatore.

—Padre —intervino Paolo—, sé sensato y cálmate antes de que te dé otro ataque al corazón. Y tú, mamá, sécate las lágrimas. Caroline simplemente está expresando una opinión en la que ha pensado mucho y, ciertamente, lo que dice no está exento de mérito. Ella es la sustituta más cercana a Vanessa y sería capaz de reemplazarla mejor de lo que pensáis.

—¿Estás de su parte? —dijo su padre—. ¿Dónde está tu lealtad?

—Donde ha estado siempre, con vosotros y con los niños. Pero ellos ya han sufrido bastante como para ser ahora el objeto de una guerra. Por eso sugiero que intentemos llegar a un acuerdo que satisfaga a todos.

—¿Qué necesidad hay de llegar a un acuerdo cuando tú sabes tan bien como yo que esos niños nos pertenecen a nosotros y no a esta mujer? —dijo Salvatore con frialdad.

—¿Y si yo puedo demostrar lo contrario, señor Rainero? —preguntó Callie—. ¿Y si llevo el caso ante un juez y enseño pruebas que apoyen mi causa?

—Entonces prepárate para una batalla larga e infructuosa, querida, porque ningún juzgado en este país permitirá que una extranjera interfiera en la educación de unos niños con ciudadanía italiana.

—Esos niños nacieron en Estados Unidos y son medio americanos.

Salvatore se levantó del sofá y se acercó hasta donde ella estaba sentada, al otro lado de la mesa de café.

—No tienen ningún lazo con Estados Unidos —dijo con aire amenazante—. Son italianos en todos los aspectos importantes.

Paolo intervino inmediatamente apartando a su padre con no demasiada gentileza.

—¡Ya está bien, *le mio padre*! No consigues nada adoptando esa actitud. Ya has dicho suficiente.

Callie se dio cuenta entonces de que ella también había dicho suficiente, mucho más de lo necesario. La culpa no era únicamente de Salvatore. Aunque hubiera pretendido no hacerlo, ella se había dejado provocar y había dicho cosas que no quería, causando un dolor que ya empezaba a lamentar.

Se dio cuenta de que Paolo tenía razón. No había una solución agradable para la situación en la que se encontraban ella y la familia Rainero. Tendrían que llegar a un acuerdo, creo que no acabara con los derechos de todos, y muchos menos con los de los gemelos.

El bienestar de sus hijos siempre había dictado sus decisiones. Por eso le había hecho la promesa a Vanessa. Pero no tenía la entereza suficiente como para hacerlo por la fuerza. Y sabía que Vanessa tampoco habría querido eso.

Las cosas habían cambiado en los últimos ocho años, y las personas también, o la persona, Paolo, que estaba tan implicado como ella misma. Él no era el mismo hombre que la había querido y la había abandonado sin pensárselo dos veces. Quizá, en vista de eso, lo que ella había percibido como sus derechos inalienables, no fueran tan inalienables al fin y al cabo.

—¿Caroline? —dijo Paolo aproximándose a ella con la mano extendida—. Creo que me vendrá bien un poco de aire fresco, y a ti también.

–Sí –contestó ella.

Una semana antes, habría estado segura de saber todas las respuestas. Se sentía confusa al encontrarse de nuevo pensando en lo que sería mejor para los niños.

Necesitaba escapar de la tensión que se palpaba en la habitación y aclarar sus ideas. Necesitaba comprender el por qué de su cambio de opinión, pero no podría hacerlo bajo la intensa mirada de Salvatore.

Capítulo 4

DÓNDE vamos?

–Lejos de una confrontación que se ha hecho demasiado dolorosa para todos nosotros.

La parte racional de Callie le dijo que no confiara en todo lo que saliese de la boca de Paolo, que no lo siguiera a ciegas. Puede que fuera una persona más admirable de lo que había sido, pero seguía siendo un Rainero y había admitido su lealtad a su familia hacía menos de cinco minutos. Pero el tacto de sus dedos entrelazados con los suyos le proporcionaba el calor que necesitaba, la compasión y la ternura de su voz la apaciguaban. Él era su único amigo en una casa en la que la tensión había aumentado hasta límites insoportables.

Paolo la sacó por una puerta lateral y la condujo por un sendero hasta una pequeña casa de dos alturas situada a unos quince metros de la casa principal y oculta tras unos arbustos altos. Tras las ventanas, podían verse las luces encendidas.

–¿Quién vive aquí?

–Yolanda y su marido.

–¿Vamos a visitarlos?

–No. La noche es agradable. Daremos una vuelta alrededor de la isla.

–No sabía que hubiese carreteras aquí. Yo sólo he visto el helipuerto y el muelle.

–Nada de carreteras –dijo Paolo. Abrió una puerta de metal que había en el piso de abajo de la casa y apareció un Jeep último modelo aparcado en un garaje que hacía las veces de taller–. Más bien caminos sucios a los que sólo se puede acceder con un vehículo cuatro por cuatro como éste, sobre todo cuando llueve en invierno. Me temo que es un transporte bastante básico –dijo mientras la ayudaba a subir al asiento del copiloto–, pero es lo mejor que puedo ofrecerte.

«Básico» era una descripción bastante generosa. En cuanto salieron de la finca y de sus caminos allanados, el coche empezó a dar botes sobre el terreno, a veces aproximándose peligrosamente al borde del acantilado. Pero, en vez de temer por su vida, Callie se sentía más segura y cómoda de lo que se había sentido en la casa. A los veinticuatro años, Paolo solía conducir su deportivo como un loco, pero manejaba el jeep con total soltura, y Callie notó cómo el pulso, que se le había acelerado durante la pelea, volvía a la normalidad.

–Gracias por rescatarme de la ira de tu padre –dijo ella–. Por un momento pensé que iba a pegarme.

–Mi padre nunca pegaría a una mujer, Caroline.

–Estaba fuera de control.

–No ha sido el mismo desde que nos enteramos de lo del accidente. Pero, si se hubiera atrevido a tocarte, yo lo habría evitado, incluso aunque eso supusiera una confrontación física con él.

–¿Te habrías pagado con tu padre por mí?

–Me enfrentaría a cualquier hombre que amenazara a una mujer –contestó él secamente–. Pero si tu pregunta es que si me atrevería a tanto con mi padre, ten por seguro que lo haría sólo como último recurso. Apartarte de allí ha sido una solución mucho mejor.

–¿Por qué? ¿Porque me he atrevido a decirle cosas que no quería escuchar?

–Porque no es bueno para él disgustarse tanto. Su corazón no puede aguantar tanto. Pero ver a mi madre sufrir nunca es fácil para él.

–Siento mucho haberla disgustado. Es una mujer adorable y me duele pensar que le he hecho daño. Pero no me pidas que sienta pena por tu padre, Paolo. No hace más que intimidar cuando alguien se atreve a dar una opinión que no coincide con la suya, sobre todo si ese alguien es una mujer, y encima una Leighton.

–Una vez más, te pido disculpas por su comportamiento. No debería haberte tratado así.

–No quiero tus disculpas, ni las suyas tampoco –dijo ella–. Sólo pido que se me reconozca el derecho a tener algo que decir en el futuro de mis sobrinos.

–Te doy mi palabra de que nadie te negará ese derecho. De un modo u otro, encontraré la manera de hacer que todo el mundo esté contento.

Antes de que Callie pudiera preguntarle cómo pensaba conseguir eso, Paolo se desvió del camino principal y tomó otro más estrecho que acababa en un promontorio que daba al Adriático.

–Esta última semana ha sido muy dura para todos –dijo él tras detener el vehículo junto al acantilado–. Cada uno llora la pena a su manera, y dice cosas de las que luego se arrepiente. Mi padre es culpable de eso.

–No más de lo que lo soy yo. Yo hablé más de la cuenta. Nunca debería haber expresado mis preocupaciones de ese modo, como una amenaza.

–¿Quieres decir que no hablabas en serio al decir que querías llevarte a los niños a Estados Unidos?

–Oh, Paolo, mentiría si dijera que no es lo que esperaba. Pero, cuanto más los veo, más me doy cuenta de que no se trata de lo que yo desee. Se trata de lo que es mejor para ellos. Y ya no estoy segura de tener la respuesta para eso.

–Quizá ninguno de nosotros la tenga –dijo él–. Por eso te he traído aquí. A veces concentrarse en otra cosa, aunque sólo sea durante un rato, ayuda a recuperar la perspectiva y nos da soluciones que, de otro modo, no habríamos imaginado.

–Ojalá yo compartiese tu optimismo.

–No hay razón para que no puedas, si te esfuerzas

de verdad. Por favor, *cara*, trata por un momento de no pensar en el futuro y de disfrutar de este momento. Mira ahí fuera —dijo señalando el paisaje con el dedo—. ¿Alguna vez habías contemplado una noche así?

De hecho era espectacular. Aunque los terrenos de la finca estaban llenos de todo tipo de árboles tropicales y de flores, había muy poca vegetación que fuera autóctona de la isla. A la luz de la luna, el paisaje desnudo adquiría una belleza austera, casi fantasmal.

Paolo se apoyó con los brazos sobre el volante y observó el mar.

—Háblame de tu vida durante los últimos nueve años, Caroline. Mi madre mencionó lo excitada que estabas por ir a la universidad Smith, y que hablabas mucho de ello cuando estuviste aquí para la boda. ¿Qué te hizo decidir no asistir?

«Tú», pensó ella. «Por ti todos mis sueños se convirtieron en pesadillas».

—Será mejor que te lo quites —dijo él levantándole ligeramente el vestido de dama de honor—. Ya no merece la pena guardarlo.

Tenía razón. La falda colgaba desastrosamente por la parte donde se había separado del corpiño, y un rastro de sangre cerca del dobladillo indicaba que había hecho algo más que ir a dar un inocente paseo por el jardín.

—¿Y qué me pongo? —dijo ella, horrorizada por tener que explicar cómo había arruinado un vestido que había costado una fortuna.

—Nada, por supuesto. Vamos a ir a nadar.

—¿Desnudos? —preguntó ella escandalizada—. Alguien podría vernos.

—Dudo que ocurra, ¿pero qué más da? A mí no me daría vergüenza.

De ese modo se quitó el resto de la ropa hasta alzarse completamente desnudo frente a ella. Callie se quedó mirándolo boquiabierta.

–¿Y bien? ¿Vienes conmigo? ¿O prefieres volver a la fiesta con aspecto de ser algo que ha sido arrastrado por la marea?

Lo único que Callie deseaba al verlo de pie, desnudo, tan viril y masculino era recorrer con él de nuevo el camino hacia el descubrimiento sexual. Ya se preocuparía al día siguiente de tener que mirar a su madre a los ojos, de dar explicaciones a su comportamiento. Esa noche era para el amor.

Sus zapatos blancos, sus bragas de satén y sus medias de encaje ya estaban en el suelo de la cabaña. Antes de perder la cordura por completo, se quitó el resto de la ropa y dijo:

–Claro que voy contigo.

Ver cómo se desnudaba había hecho que él se excitara. Sin dejar de tocarse, fijó la mirada en sus pechos y luego en sus muslos. Una vez más, ese torrente de deseo y calor la humedeció, dejándola ansiosa de nuevas sensaciones.

Paolo se acercó lo suficiente para que su pene rozara contra ella.

–Así me gusta –murmuró con voz profunda mientras le acariciaba un pezón con los dedos.

Callie se habría dejado caer allí mismo de no haber sido porque él le tomó la mano y salió corriendo con ella por la arena hacia el agua.

Una vez allí, la arrastró hacia las olas hasta que el agua le llegaba a la altura del pecho. Entonces la acercó a su cuerpo y la besó, deslizando los dedos por entre su pelo y explorando su boca con la lengua.

Caroline le rodeó el cuello con los brazos y la cintura con las piernas. Paolo le colocó las manos en las nalgas y, con un dedo, comenzó a acariciarle en su parte más sensible.

–¡Oh…! –gimió ella al sentir la maestría de su tacto, y hundió la cabeza contra su cuello.

–Sí, *bella*, ahora empieza la diversión para ti –murmuró él sin dejar de tocarla–. *E ancora* –añadió, y siguió atormentándola, una vez más, y otra, y otra, hasta que su cuerpo reaccionó con la fuerza de un volcán.

Caroline se tensó, cerró los ojos y tomó aire desesperadamente mientras el placer daba paso a los espasmos, haciéndola gritar.

–¡No lo sabía! –dijo ella jadeando pocos minutos después–. No tenía ni idea.

–Ahora ya lo sabes, Caroline –dijo él–. Ahora vamos a la siguiente fase de tu educación.

Después de aquello, ya no existía la opción de regresar a la villa. Ni siquiera regresaron a la cabaña. Justo ahí, bajo las estrellas, con el Adriático rodeándolos, los dos se mezclaron en un mar de saltos, piruetas, manos, lenguas y jadeos.

Saber que estaban unidos no sólo corporalmente sino también mentalmente era lo mejor que le había pasado a Caroline.

–Oh, Paolo –susurró cuando regresaron a la orilla exhaustos–. ¡Eres un maestro excepcional!

–Y tú eres una alumna ejemplar.

Callie giró la cabeza y miró a lo lejos. El sonido de la música podía escucharse en el aire. Más allá pudo ver los fuegos artificiales. Eran las celebraciones de la boda, que continuaban sin pausa, sin haber advertido la ausencia del padrino ni de la dama de honor.

–No quiero regresar allí esta noche –dijo ella.

–Ni tienes que hacerlo –contestó Paolo–. Hay duchas en la cabaña, y toallas. Nos quedaremos allí hasta que todo el mundo esté dormido y regresaremos antes de que amanezca.

Los dos se bañaron juntos, una experiencia sumamente placentera. Más tarde, cuando estaba tumbada sobre una cama de toallas blancas, Paolo le separó las piernas y dirigió su boca hacia allí. La acarició con la lengua y, tras su reacción de sorpresa inicial, Caroline comenzó a disfruta del placer que le daba, fascinada por aquellas sensaciones que jamás hubiera sido capaz de imaginar.

Si su primera vez había sido embarazosa y la segunda alucinante, la tercera fue como estar en el paraíso. De tal modo que, cuando él se colapsó sobre ella, exhausto, Callie no pudo evitar decir:

–¡Te quiero, Paolo!

–Se hace tarde, tesoro –dijo él tras una larga pausa–, y estás cansada. Deberíamos dormir unas horas. Recobrar fuerzas para otro placentero encuentro.

Cuando Paolo se despertó, ya no tenía interés en hacer el amor con ella, al igual que no tenía interés en permanecer en la isla un segundo más de lo necesario.

–Nos lo hemos pasado bien, ¿verdad? –dijo él mientras se vestía–. Pero la celebración de la boda ha acabado, y la vida vuelve a la normalidad. Para ti significa volver a Estados Unidos y comenzar la universidad.

–¿No crees en el matrimonio, Paolo?

–Para alguna gente quizá sí.

–¿Pero no para ti?

–El mundo está lleno de mujeres hermosas, Caroline. ¿Cómo voy a elegir sólo una?

–¿Pero acaso crees en el amor?

–¡Por supuesto! Amo a las mujeres, a todas las mujeres –dijo él con una sonrisa despreocupada–. Soy italiano. Amo el amor.

Ella trató de devolverle la sonrisa, pero sin embargo se echó a llorar al sentir cómo todas sus esperanzas se hacían pedazos.

–Pensé que yo era especial, pero sólo soy la última de una larga lista de conquistas, ¿verdad?

–No hagas esto, *cara* –dijo él mirándola con sus maravillosos ojos marrones–. No estropees nuestro maravilloso tiempo juntos con lágrimas y recriminaciones.

–Supongo que debería sentirme alagada porque me hayas concedido una noche entera. Qué tonta, haber pensado que era el principio de algo duradero, algo hermoso.

–¡Ah, Caroline…! –dijo él, y le acarició la cara brevemente antes de apartarse–. Tú ves la vida de color de rosa, pero yo aprendí hace tiempo que mi vida está pintada de gris.

Si en aquel momento no le había quedado claro que no significaba nada para él, lo dejó claro pocos días después. El jueves antes de regresar a Estados Unidos, Callie y su madre se quedaron a pasar la noche en Roma, con los Rainero. A la mañana siguiente, cuando salían por la puerta hacia la calle, donde las esperaba el taxi para llevarlas al aeropuerto, Paolo apareció en su Ferrari de color rojo.

Iba con él una mujer, una morena despampanante con camiseta ajustada y minifalda, sentada tan pegada a él que prácticamente estaba sobre su regazo. Cuando él fue a besarla, ella se apartó, se rió y se humedeció con la lengua sus labios rojos y carnosos.

De pronto Callie se vio a sí misma a través de los ojos de Paolo. Una chica patéticamente ingenua con un caso grave de amor infantil. No era de extrañar que no hubiera querido continuar con su aventura. Le gustaban las mujeres sofisticadas, seguras de sí mismas. Cuanto más difíciles fueran de pillar, más le gustaban.

Si todo hubiese acabado así, con su humillación completa, su corazón hecho pedazos pero su futuro, al menos, intacto. Pero no iba a ser tan fácil olvidarse de él. Un mes después descubrió que estaba embarazada, y todas sus oportunidades de un futuro brillante desaparecieron.

No habría universidad Smith, ni graduación Cum Laude. Había decepcionado a toda la gente que había creído en ella. A su madre, que tan orgullosa estaba; a los directores de la universidad que le habían concedido la beca, a la directora de su instituto, que había escrito una maravillosa carta de recomendación en su nombre.

Y a Vanessa.

—¿Estás qué? —exclamó su hermana cuando Callie se lo contó. Por aquella época su madre estaba fuera, visitando a una prima en Florida, pero Vanessa y Ermanno estaban en Nueva York, primera parada en su viaje de negocios de un año de duración que hacía las veces de luna de miel, y habían ido a pasar el fin de semana con Callie, que se había quedado en casa—. Vaya, Callie, no sabía que salieras con nadie. ¿Se lo has dicho a mamá?

—No. Me enteré cuando ella se marchó para Florida. Habría cancelado el viaje se lo hubiera sabido.

—¡No puedo creérmelo! —exclamó Vanessa—. Siempre decías que no tenías tiempo para tener novio. ¿Cuándo… quién?

—Tu cuñado. El día de vuestra boda.

—¿Paolo? —dijo Vanessa llevándose una mano a la boca—. Dios, Ermanno lo matará.

—Ermanno no puede saberlo. No se lo digas, por favor —rogó Callie.

—No voy a ocultarle algo así a mi marido. Tiene derecho a saberlo.

Escandalizado al enterarse, la primera reacción de Ermanno fue decir que él se encargaría de que Paolo se casara con Callie.

Ella se negó a considerar la idea.

—No pienso solucionar un grave error cometiendo otro. El matrimonio no es una opción, incluso aunque pudiera arrastrar a Paolo hasta el altar, cosa que dudo.

—Me temo que tienes razón —dijo Ermanno—. Lo último que necesitas es un marido incapaz de serte fiel. Tenemos que encontrar otra solución, una que mantenga el secreto oculto para mi padre. Lo destrozaría, saber que su hijo favorito ha deshonrado a la familia de una manera tan vergonzosa.

Habló sin rencor y, cuando Callie hizo un comentario al respecto, él añadió:

—Acepté hace mucho tiempo que, a los ojos de mi padre, Paolo es el chico bueno incapaz de hacer ningún mal. No digo que mi padre no me quiera, pero mi hermano… con él es diferente, y así son las cosas.

—A veces tu padre no utiliza el sentido común con el que nació –dijo Vanessa–. Pero yo, por suerte, sí. Encontraremos la manera de ayudarte –le dijo a su hermana–. Doy por hecho que has ido al médico.

—Sí. Me dijo cuáles eran mis opciones. Aborto, adopción o quedarme con el bebé.

—¿Y? –preguntó Vanessa ansiosa.

—No puedo abortar. No podría vivir sabiéndolo.

—¿Y qué pasa con la adopción? –preguntó Vanessa.

—¡Oh, Vanessa! –exclamó Callie mientras los ojos se le llenaban de lágrimas–. Tampoco creo que pudiera pasar por eso. Darle mi bebé a unos desconocidos –hizo una pausa para secarse las lágrimas–. Estoy tan avergonzada. ¿Cómo voy a enfrentarme a mamá?

—No te avergüences –declaró Vanessa–. El tema es que esto no es algo que puedas mantener en secreto durante mucho tiempo. Pronto todo el mundo lo sabrá, incluida mamá.

—¡No! Podría marcharme. Conseguir trabajo, ahorrar dinero…

—No hay necesidad de preocuparte por el dinero –dijo Ermanno–. De eso puedo encargarme yo.

—Y tienes que decírselo a mamá, Callie. Se llevará una sorpresa, pero sabes que estará a tu lado. Quizá, con su ayuda, puedas quedarte con el bebé.

—No creo que pueda soportar ver la desilusión en sus ojos –dio Callie.

Al final no tuvo que hacerlo. Trágicamente, de camino a casa desde Florida, su madre murió en un accidente en Carolina del Norte. Nunca supo que estaba a punto de convertirse en abuela.

La humedad de las lágrimas en la cara transportó a Callie de vuelta al presente. Eso y la voz de Paolo.

–¿Qué he dicho para hacerte llorar, Caroline?

–Me has preguntado por qué no fui a Smith –dijo ella secándose las lágrimas–. Para que lo sepas, fue por la muerte de mi madre.

–Ah, es cierto. Recuerdo que murió poco después de que mi hermano se casara con Vanessa.

–Ese mismo verano. Mi padre nos abandonó cuando yo tenía seis años y Vanessa once, así que durante casi toda mi vida estuvimos mi madre, Vanessa y yo. Y en un periodo de un par de meses, me quedé sola.

Salvo por los bebés, claro.

Ése había sido el siguiente golpe.

–Definitivamente son gemelos –le había dicho el ginecólogo–. Dos por el precio de uno, jovencita. Vas a tener que cuidarte mucho durante los próximos cinco meses. No queremos un parto prematuro.

De nuevo la culpa. La hija pequeña de la difunta Audrey Leighton, presienta de la liga infantil, pilar de la sociedad, embarazada de gemelos y sin marido.

–No estabas realmente sola. Aún tenías a tu hermana, y también a Ermanno.

–Apenas los veía. La mayor parte del año estuvieron viajando de un lado para otro.

–Claro, hasta que Vanessa tuvo que guardar reposo en cama por su embarazo. Entonces se quedaron en California hasta después de que nacieran los gemelos, ¿verdad?

–Sí –dijo ella.

–¿Y tú estabas allí cuando nacieron?

Callie se quedó mirando al mar iluminado por la

luna. Odiaba tener que decir otra mentira, aunque fuese por omisión.

—Sí.

—Mi madre planeaba estar allí también, pero los bebés nacieron casi un mes antes de lo esperado.

—Sí —murmuró ella. De hecho habían sido diez días antes, gracias al excelente cuidado que Callie había recibido. Pero Vanessa y Ermanno habían planeado su historia cuidadosamente para evitar la situación que Paolo había mencionado.

—Ah, Caroline —dijo él acariciándole la mejilla sin previo aviso—. Veo lo mucho que te duele el hecho de haber estado allí cuando nacieron y de no haber podido estar aquí para verlos crecer.

—No sabes ni la mitad —dijo ella cerrando los ojos ante las horribles imágenes que se formaban en su mente.

Dar a luz a sus hijos y tener que renunciar a ellos a los diez días. Aunque hubiese pasado mucho tiempo, seguía recordando el momento como si hubiera sido el día anterior.

—Sabes que los querremos como si fueran nuestros, Callie —le había dicho Vanessa—. Nunca les faltará de nada. Les daremos hermanos y hermanas. Formarán parte de una gran familia, y tú serás su tía.

Pero los hermanos y hermanas no habían podido hacerse realidad, Vanessa no podía concebir.

—Oh, Callie —le había dicho—. De no haber sido por ti, jamás habría sabido lo que es ser madre. Muchas gracias por el regalo que nos has hecho, cariño.

—Entonces cuéntamelo todo —dijo Paolo haciéndole regresar al presente—. Dime qué es lo que te atormenta.

—Mi hermana murió la semana pasada —dijo ella—. ¿No es eso suficiente?

Paolo le pasó un brazo sobre los hombros y la acercó a su cuerpo, agarrándole la barbilla para obligarle a mirarlo.

—Hay más —insistió—. Lo noto en tu voz. Lo veo en tus ojos. ¿Qué es lo que te estás guardando? Por favor, Caroline, deja que te ayude.

—¿Tú? —dijo ella, y su risa rozó los límites de la histeria—. Difícilmente.

—¿Por qué? ¿Porque la primera vez que te tuve entre mis brazos fui demasiado egoísta para darme cuenta de lo mucho que vales? Eso fue hace mucho tiempo. Confía en mí cuando te digo que he cambiado para mejor.

—Es muy fácil decirlo, Paolo, ¿pero dónde está la prueba?

—Aquí —dijo él llevándose un dedo al pecho—. Reconozco que, cuando te recibí en París, te vi como una amenaza para mi familia, y estaba dispuesto a acabar contigo. Pero te he observado durante esta semana. He visto lo buena que eres con mi madre, el modo en que te sientas con ella y tratas de consolarla incluso aunque tu corazón también esté roto. He visto lo paciente que eres con los niños, lo cariñosa, incluso aunque te rechacen al principio. Si estuviera en tu poder hacer eso, no dudo que te cambiarías por Vanessa sólo para devolverles a su madre. Sin embargo, sé que hay algo más que te está comiendo por dentro. Lo sé y me preocupa, incluso aunque mi corazón me diga que no has planeado nada siniestro.

—Mi corazón escucha tus palabras y quiere creerlas —contestó ella temerosa—, pero la cabeza me dice que son las acciones lo que realmente cuenta.

—Entonces deja que sea tu cabeza la que juzgue esto —dijo él y, antes de que Callie pudiera decir nada, se acercó a ella y la besó con esa pasión que hacía que se le calentara la sangre.

Capítulo 5

CALLIE había sentido deseo por otros hombres desde la primera vez que había estado con Paolo. Hombres más tiernos y menos peligrosos. Pero siempre se había mostrado cohibida. Jamás, desde la noche en que había concebido a los hijos de Paolo, había sido capaz dejarse llevar.

Pero, si ella había estado suprimiendo sus impulsos sexuales, desde luego Paolo los había mejorado. El que una vez fuera un devoramujeres se había convertido en un seductor virtuoso.

En cuanto sus bocas se tocaron, cualquier pensamiento de inhibición abandonó su cabeza. Con sólo un beso le dio la vuelta a su mundo, y ya no le importaba nada que no fuera prolongar el placer de estar entre sus brazos. De pronto se sentía capaz de vender su alma de nuevo, si eso era lo que hacía falta para satisfacer los impulsos que Paolo despertaba en ella.

Callie separó los labios y dejó que su lengua le invadiera la boca. Le acarició la mejilla y subió hasta su pelo negro y espeso, rozándose contra su pecho, excitándolos a los dos.

Paolo le colocó la mano en las costillas y se colocó pegado a ella. Por primera vez en lo que parecía haber sido una eternidad, Callie volvió a sentir ese calor intenso entre las piernas, notó los temblores acumulándose y ganando fuerza en su interior, síntomas de una pasión que sólo podría saciarse de una forma.

De pronto Paolo se apartó de ella y la empujó al otro extremo del asiento.

–Perdóname, Caroline –dijo con voz profunda–. No debería haber hecho eso.

–¿Y por qué lo has hecho? –preguntó Callie sintiéndose decepcionada.

–No he podido evitarlo. Me siento atraído hacia ti. Me has conmovido con tu pena. Veo el modo en que suspiras cuando el dolor amenaza con superarte, y deseo poder consolarte. Pero perdí ese derecho hace muchos años, y me arrepiento porque no te he dado razón alguna para confiar en mí ahora. Si estuviera en mi poder, haría que nos volviéramos a conocer aquí otra vez, pero sin ningún fallo que pudiera enturbiar tu imagen de mí.

–Los dos éramos jóvenes e impulsivos, Paolo –dijo ella sintiendo una puñalada de culpa en el corazón. Ella era la parte que había salido mal parada, la que había renunciado a todo, o eso se había dicho a sí misma durante muchos años. Pero, al observar a Paolo, ya no se sentía tan segura.

–Pero yo fui el que transgredió todas las normas –continuó él acariciándole la cara–. Tú eras muy joven, Caroline, y estabas tan ansiosa por complacer, que ahora me repugna recordar cómo me aproveché de esa situación. Si yo tuviera una hija, mataría al hombre que se atreviera a tratarla como yo te traté a ti.

La necesidad de contarle la verdad crecía en su interior al igual que la culpa. Tuvo que morderse la lengua para no rendirse a la tentación. Un pequeño momento de debilidad podría echarlo todo a perder porque, no importaba lo que Paolo dijese en ese momento, sabía que se escandalizaría al conocer el secreto que ella le había ocultado.

–¿No dices nada? –preguntó él.

–¿Qué quieres que diga? ¿Que te perdono?

–No. Eso es más de lo que merezco.

–No, no lo es –dijo ella, demasiado avergonzada por su hipocresía como para mirarlo a los ojos–. En esta última semana los dos hemos aprendido que la vida es demasiado corta como para malgastarla con rencores absurdos. Así que vamos a perdonarnos el uno al otro, Paolo, por los errores que ambos hemos cometido.

–¿Cuáles son tus errores? –preguntó él–. ¿Que eras demasiado guapa? ¿Demasiado atractiva para mí?

–Elegí ser una extraña para los míos, como tú dijiste. Me mantuve apartada de mis sobrinos cuando debería haber hecho el esfuerzo de acercarme a ellos.

–Ahora estás aquí por ellos, *cara*.

Era cierto, pero temía que ya fuese demasiado tarde. Los niños no querían conocerla.

Recurrían a Lidia para que les secara las lágrimas y para que les cantara hasta quedarse dormidos. Recurrieron a Paolo al darse cuenta de que Ermanno ya no iba a estar allí con ellos. Incluso Salvatore ocupaba un lugar especial en sus corazones. Para lo que importaba, los Rainero eran la verdadera familia de los niños, y la culpa era suya.

–Yo no significo nada para ellos. Tú mismo lo dijiste.

–Tienen miedo de quererte.

–¿Miedo? ¿Por qué?

–Porque han aprendido demasiado pronto cómo todo en lo que han fundamentado sus vidas puede desaparecer de la noche a la mañana. Tal como ellos lo ven, sus padres los han abandonado, y tú también podrías hacerlo. Tú eres tierna y cariñosa con ellos, pero creo que no están dispuestos a arriesgarse a sufrir otra pérdida tan pronto.

–¿Y cómo puedo arreglar eso?

–No poniendo su mundo patas arriba exigiendo cosas imposibles. No les pidas que te abran su corazón sólo por ser la hermana de su madre. No tengas tanta prisa en volver a Estados Unidos. Quédate en Italia el tiempo suficiente para ganarte su confianza. Hazlo y enseguida te ganarás su afecto.

–Eso podría llevar meses.

–¿Y? Has dicho que estabas dispuesta a pedir permiso en el trabajo. ¿Te lo has pensado mejor y has decidido que Gina y Clemente no merecen ese sacrificio?

–¡Por supuesto que no! Pero…

–Pero tienes tu propia vida, una que quizá compartas con un amante.

–No.

–¿Entonces qué es eso tan importante que ocupa tanto tu tiempo, sin importar cómo pueda eso afectar a la gente?

–¡Tú no lo comprendes!

–Pues haz que lo comprenda –dijo él–. Dices que quieres lo mejor para nuestros sobrinos…

–¡Claro que sí! Quiero proporcionarles la seguridad que se tiene al saber que alguien te quiere, aunque sus padres hayan muerto.

–Y eso es exactamente lo mismo que yo quiero para ellos. ¿Entonces por qué nos peleamos?

–No lo sé –dijo ella sintiéndose frustrada–. No puedo pensar con claridad si me acosas de esta forma.

–¿Es eso lo que estoy haciendo, Caroline? ¿Acosarte?

–No. Es sólo que me siento agobiada.

–Es comprensible –dijo él, e hizo una pausa–. Dado que tenemos un objetivo común, ¿no podemos encontrar la manera de trabajar juntos y no enfrentados?

–¿Qué es lo que propones exactamente, Paolo?

–Que me des un año. Haz un alto en tu trabajo, pídete una excedencia y vive aquí. Conmigo.

–¿Contigo? ¿Quieres decir en tu casa?

–Exacto. Tengo un apartamento, pero por el bien de los niños compraría una villa en las afueras de Roma. Un lugar con jardín, para que pudieran jugar, una casa cercana a donde vivían con sus padres, para que pudieran ir a la misma escuela, y mantener a sus amigos. En otras palabras, crearía un hogar para ellos, y para ti.

—No puedes estar proponiendo en serio que vivamos los cuatro bajo el mismo techo.

—¿Por qué no?

—Para empezar, porque tu padre no lo permitiría.

—Mi padre no controla mis decisiones, Caroline. Soy dueño de mi vida.

—Quizá, pero él nunca aceptaría que yo estuviera a tu lado.

—No le quedaría más remedio que aceptarlo si tú fueras mi esposa.

—¿Estás sugiriendo que nos casemos?

—Sí –dijo él con total normalidad.

—¡Pero tú no me quieres!

—Ni tú me quieres a mí. Pero los dos queremos a los niños, ¿verdad?

—Bueno, sí.

—¿Entonces no merece la pena tratar de devolverles parte de lo que han perdido? Un hogar, dos personas que los quieren, un poco de normalidad.

Ser su esposa, vivir con él y con sus hijos. Esos habían sido sus sueños desde hacía mucho tiempo. Sin embargo, aceptar aquello sería poner en riesgo su corazón una vez más.

—¿Te refieres a un matrimonio de conveniencia? Creo que no, Paolo.

—Yo tampoco lo creo. Esos matrimonios nunca funcionan.

—¿Estás sugiriendo que nos acostemos? –preguntó Callie sin poder evitarlo.

—¿Por qué no? Admito que el sexo unido al amor siempre es mejor, pero entre adultos compatibles, creo que el sexo sólo puede proporcionar una cercanía que, de otro modo, no conocerían.

—¿Y si no es así?

—Entonces se separan como amigos y siguen su camino, razón por la que te pido un año. Si, al finalizar, estamos de acuerdo en que no podemos hacer que funcione, pondremos punto y final.

–¿Y cómo ayuda eso a los niños?

–Les dará tiempo para curar sus heridas, además de gente que se preocupe por ellos lo suficiente como para dejar de lado sus aspiraciones profesionales. Al mismo tiempo, les proporciona la posibilidad de llegar a conocerte, lo cual no puede ser malo si, como dices, quieres lo mejor para ellos. Porque estarás de acuerdo conmigo en que para un niño, una familia nunca es demasiado grande.

–Estoy de acuerdo. Es lo otro lo que no entiendo. Lo del sexo.

–Te ha pillado por sorpresa, lo sé, Caroline, y no espero una respuesta esta noche. Sólo te pido que consideres mi propuesta.

¿Considerarla? Lo estaba deseando, pero era la frialdad con la que él trataba el asunto lo que la echaba para atrás. Estaba proponiéndole un matrimonio de conveniencia, incluso aunque incluyese sexo, y no debía olvidar eso. Las posibilidades de que pudieran hacer que funcionara eran muy escasas.

–Supongo que no puede hacerme daño –dijo finalmente.

–Mi padre quiere que nos quedemos aquí otra semana, pero sugiero que nos tomemos dos. Eso es tiempo suficiente para que tomes una decisión, ¿verdad?

–No creo que me lleve tanto tiempo.

–Pero si dices que sí, como espero que hagas, el tiempo extra les dará a los niños la oportunidad de hacerse a la idea de que somos una familia antes de que se produzcan los cambios. Entonces, cuando hayan aceptado la idea, podremos regresar a Roma y buscar un lugar donde vivir.

–Eso tiene sentido, supongo –dijo ella, y se pre-

guntó cómo diablos haría Paolo para conseguir que
una idea descabellada pareciese incluso razonable.

–Habéis estado fuera mucho tiempo, Paolo –dijo su
madre al reunirse con él en la terraza, donde él se encontraba, apoyado en la barandilla, bebiendo una copa
de brandy–. Tu padre ya se ha acostado.

–¿Y cómo es que tú no, mamá? –preguntó él al
verla con una bata puesta sobre el camisón–. ¿No soy
ya mayorcito para que tengas que esperar a que regrese
a casa sano y salvo?

–Estoy demasiado preocupada y triste para dormir.
Primero Caroline nos dice que quiere llevarse a los niños con ella…

–Desde el principio sabíamos que era una posibilidad. No debería habernos sorprendido tanto.

–No, pero aun así sorprende escucharlo en su boca.
Luego, después de que os marcharais, encontré a los
gemelos acurrucados arriba, junto a las escaleras. Estaban abrazados, tristes y confusos. Me temo que, con
los gritos de su abuelo, oyeron más de lo necesario.

–Mi padre estaba fuera de control. Seguro que la
gente de la costa también lo oyó. ¿Pudiste tranquilizar-
los?

–Lo intenté, pero también habían escuchado a Caroline. Su inglés es demasiado bueno, Paolo. Entendie-
ron cada palabra y tienen miedo. Todo aquello en lo
que confiaban se está viniendo abajo. Mi corazón sufre
por Caroline. Está en una posición imposible, aunque
aún no se haya dado cuenta. Quiere a esos niños, y no
hay duda de que sus vidas se enriquecerían si ella estuviese a su lado. Pero, aunque lograra llevárselos a Estados Unidos, ¿de qué serviría si acabasen odiándola?

–De nada. Técnicamente son medio americanos,
como dice Caroline, pero en sus corazones y en su aspecto físico, son tan italianos como yo. Su verdadero

hogar está aquí, y siempre será así, sin importar quién gane la batalla por la custodia. Además, ya no son bebés. Hablamos de derechos como si eso fuera algo exclusivo de los adultos, pero los niños también tienen derechos, y merecen saberlos.

–¡Oh, Paolo! ¿Cómo vamos a resolver todos estos problemas?

–Encontraremos la manera, mamá. De hecho, puede que ya haya encontrado una solución posible.

–¿Qué tipo de solución? Dímela, por favor. Ansío escuchar buenas noticias para variar.

–No –dijo él–. Tendrás que tener paciencia. Es demasiado pronto.

Demasiado pronto para Caroline y, a decir verdad, demasiado pronto para él. La idea de casarse había surgido de la nada en su cerebro y la había dicho en voz alta antes de considerarla. ¿Por qué? Por un beso igualmente no planeado que le había hecho recordar la noche en la que estuvo a punto de perder el corazón.

La profundidad de sus sentimientos lo había aterrorizado entonces, y seguía aterrorizándolo. A los dieciocho años, Caroline era una chica en la flor de la vida, una chica que merecía un hombre mejor y no uno que no estaba listo para asumir responsabilidades.

Pero se había convertido en una mujer y, en pocos días, le había demostrado lo vacía y superficial que era su vida. A nivel profesional se sentía satisfecho, pero ella le había hecho darse cuenta de que tenía necesidades personales también. Dicho claramente, ella era el vivo ejemplo de todas las cosas que Paolo nunca pensó que desearía.

Niños, un matrimonio, un lugar al que llamar hogar. Todo eso significaba algo completamente distinto una semana antes, pero, con un solo beso, Caroline había hecho que esas cosas no sólo parecieran apropiadas dadas las circunstancias, sino además deseables.

–Deberías intentar dormir, mamá –dijo Paolo–. Estás agotada.

–¿Dormir? –preguntó ella pasándose una mano por la cara como gesto de desesperación–. ¿Cómo puedo dormir cuando hay tantas cosas que no van bien en mi familia?

–Pues permitiendo que otra persona lleve la carga, por ejemplo –propuso él tomándola del brazo para llevarla al pie de las escaleras–. Deja las preocupaciones a un lado, vete a la cama y déjamelo todo a mí.

Observó cómo su madre subía los peldaños de uno en uno. Al ver lo despacio que se movía, cómo se agarraba a la barandilla, sintió cómo su determinación aumentaba. No esperaría a tener que enterrar también a su madre para dar los pasos necesarios y solucionar la situación familiar.

Cuando su madre por fin llegó arriba y se metió en su habitación, Paolo regresó a la terraza para terminarse el brandy. Siempre había pensado que cada uno era responsable de su destino, pero era consciente de que la solución que se le había ocurrido para llenar el hueco dejado por Ermanno y Vanessa había surgido de la nada.

Era cierto que albergaba alguna que otra reserva con respecto a su propuesta. Aunque tendría que intentarlo, no dejaba de pensar que Caroline ocultaba un tremendo secreto capaz de hacerle mucho daño a la familia. Pero precisamente por eso, casarse con ella era incluso más urgente. Como marido suyo, estaría en posición de minimizar los daños.

Además había otras ventajas. Por muchos fallos que tuviera, una cosa era clara: estaba entregada en cuerpo y alma a los gemelos, y aceptaba la responsabilidad de cuidar de ellos.

Y, lo más importante, no estaba comprometida con nadie, como él. Incluso aunque él hubiera estado implicado seriamente con otra mujer, había escuchado suficientes historias de terror como para no pedirle a cualquiera que se hiciese cargo de los hijos de su hermano. Sin embargo, Caroline era de la familia. Su sangre corría por las venas de los niños al igual que la de él. Por muchas diferencias que tuvieran, en eso estaban unidos.

Por otra parte estaba el beso, otro acontecimiento que no había previsto y que le había afectado profundamente. En ese beso había saboreado parte de la ingenuidad que había despreciado nueve años atrás y, en su mundo, ese tipo de inocencia era algo extraño.

No le había preguntado si había tenido otros amantes después de él porque no lo necesitaba. Lo notaba en su actitud sorprendida, en el aceleramiento de su pulso, en su mirada esquiva y asustadiza. Una mujer con experiencia no reaccionaba así con un beso, ni ante la sugerencia de tener sexo en el matrimonio.

Sí, ésa era otra de las ventajas. Compartir una cama. Verla desnuda en la bañera, tocarla en la privacidad de su dormitorio. Sólo con pensarlo se excitaba tremendamente.

De pronto se oyó un sonido que rompió el silencio de la noche. Era un gemido lastimero que venía de una de las habitaciones que había tras él. Dejó el vaso sobre la barandilla de piedra y entró en la casa para ver qué era.

Estaba subiendo las escaleras cuando volvió a oírlo. Provenía de la habitación de Gina, al final del pasillo superior. La puerta de la habitación de sus padres permanecía cerrada, pero la de Caroline estaba medio abierta. Siguió el haz de luz que salía de la habitación contigua y la descubrió inclinada sobre la cama de la niña, tratando de abrazarla para calmarla.

—Tranquila, cariño —dijo ella—. Sólo ha sido una pesadilla. Ya estás a salvo.

—Quiero a mi mamá —dijo Gina sin dejar de llorar.

—Mamá se ha ido al cielo, pero me tienes a mí, cielo —añadió Caroline—. Siempre me tendrás. Nunca te dejaré, te lo prometo.

Por un momento, Paolo pensó que Gina iba a aceptarla. Brevemente, la niña apoyó la cabeza sobre el hombro de su tía. Entonces lo vio a él en el marco de la puerta y se apartó de Caroline, estirando los brazos hacia él.

—¡Vete! —le gritó a Caroline—. No te quiero. Quiero a mi tío Paolo.

Caroline se apartó, se puso en pie sin decir palabra y comenzó a caminar hacia la puerta.

—No te marches, Caroline —dijo él agarrándola del brazo—. Hagamos esto juntos.

—Ya la has oído —dijo ella—. Te quiere a ti, no a mí.

—Quiere a su madre y a su padre. Yo sólo soy su tercera opción.

—Y yo no soy nada —murmuró Caroline, y salió corriendo hacia su habitación.

Paolo la dejó marchar porque ya había en el ambiente suficiente tensión, y Gina necesitaba consuelo. Pero cuando la niña se hubo calmado, se detuvo frente a la puerta de Caroline y llamó.

Ella no contestó, pero se había marchado demasiado tarde como para fingir que estaba dormida. Además él ya había advertido el hilillo de luz que salía por debajo de su puerta y la había escuchado llorar.

—Será mejor que contestes, Caroline, porque voy a entrar de todos modos —dijo él.

—¿Para qué? —preguntó ella entre sollozos—. ¿Para restregarme en las narices que mi sobrina preferiría al demonio antes que a mí?

—Déjame entrar y hablaremos del tema —contestó él, que no tenía intención alguna de discutir con una puerta cerrada de por medio.

—¿Qué pasa? —dijo ella tras abrir la puerta un par de centímetros. Paolo no perdió la oportunidad y se metió a toda velocidad en la habitación, cerrando la puerta tras él—. ¿Tienes miedo de que te vean confraternizando con el enemigo?

–Sí. Lo que menos necesitamos ahora mismo es que aparezcan mis padres. Mi madre ya tiene suficiente encima y mi padre sacaría conclusiones equivocadas. Tiene ideas más bien anticuadas. Una de ellas es que las invitadas que no estén casadas no pueden entretener a los hombres mientras estén bajo su techo.

–Eso debe de haber sido duro para ti. No me extraña que te encantara la cabaña de la playa.

–Caroline –dijo él–, no soy tu enemigo, ni creo que tú seas mi enemiga. Esta noche te he pedido que te casaras conmigo, y no he venido para decirte que he cambiado de opinión. Al contrario, espero que te des cuenta de lo apropiado que sería aceptar mi propuesta.

–Pues la verdad es que no me doy cuenta –dijo ella hipando–. Gina me odia, y Clemente también. Te odiarán a ti también si me conviertes en su madrastra.

–Pero yo no puedo ocuparme de ellos solo. Necesito tu ayuda y, lo creas o no, ellos también.

–Necesitan a su madre –insistió ella, y comenzó a llorar de nuevo. Se alejó de él y se tiró a la cama, tapándose la cara con las manos.

Entonces Paolo cometió un error fatal. Se acercó a ella y se colocó junto a ella en el colchón para mecerla entre sus brazos.

Sintió sus lágrimas en el cuello, humedeciendo el cuello de su camisa. Su pelo le alteraba los sentidos con su olor a champú mientras su esbelta figura temblaba espasmódicamente contra su pecho. Entonces se sintió perdido y vio cómo todas sus intenciones de dejarle tiempo y espacio para pensar quedaban reducidas a nada.

Ella era una mujer que necesitaba un hombre. Y él no era un hombre que le diera la espalda a una mujer necesitada, y menos si su nombre era Caroline Leighton.

Capítulo 6

CAROLINE habría soportado cualquier cosa que Paolo empleara contra ella y se la habría devuelto en forma de ataque. Pero su humanidad acabó por completar la miseria que había comenzado con el rechazo de Gina.

Para su bochorno, se encontró a sí misma sollozando como una niña. Sin importarle cómo pudiera verla, se colapsó en sus brazos y se dejó llevar.

Las lágrimas brotaban de sus ojos sin control, acompañadas de hipidos más propios de un animal. Sin embargo, él no dijo palabra alguna. Simplemente la abrazó y esperó pacientemente a que acabara la tormenta.

Lo cual fue mucho mejor. Sus sentidos estaban demasiado entumecidos como para centrarse en cualquier cosa que no fuera la pena que sentía y que amenazaba con envolverla. Sin el apoyo de Paolo, Caroline se habría dejado llevar demasiado lejos en aquel infierno, demasiado lejos como para saber regresar después.

—¿Te sientes mejor, Caroline? —preguntó Paolo tras un rato de silencio.

—Supongo. Es difícil aceptar que Gina no me quisiera a mí para consolarla. Lo comprendo. Soy prácticamente una extraña para ella. Pero parece que mi corazón no capta el mensaje.

Paolo le acarició el pelo y dijo:

—Sabes que has reaccionado exageradamente, ¿verdad? Sabes que se trata de algo más que de los niños.

–Sí –admitió ella, sintiendo que estaba cerca de otra ola de autocompasión–. Cada vez que pienso que he aceptado la muerte de Vanessa, regresa y me da de lleno en la cara, y cualquier cosa es capaz de sobrepasarme. Soy un desastre emocional.

–Se te permite serlo. Todos los somos. El hecho de que hayamos presentado nuestros respetos ante aquellos a los que queremos no significa que hayamos superado su pérdida.

–Pero no es bueno que los niños vean a los adultos en esas condiciones. Los asusta.

–Exacto. Necesitan recuperar la estabilidad. Necesitan que estemos en armonía, *cara mia*.

Caroline estaba empezando a pensar que ella lo necesitaba a él mucho más de lo que hubiera imaginado. Por razones que escapaban a su entendimiento, parecía que el hombre que una vez había hecho pedazos su vida era el único capaz de hacerla sentir completa de nuevo.

–¿Realmente crees que podemos hacer que el matrimonio funcione, Paolo?

–Sí –contestó él sin dudarlo un instante–. Claro que lo creo.

–Pero aparte de estar los dos entregados a los niños, ¿qué más tenemos en común?

–¿Qué te parece el hecho de que cada vez siento más ganas de interponerme entre ti y lo que sea que te haga sufrir? ¿El hecho de que cada vez que te veo llorar quiero convertir tu llanto en risa? Y si esas razones no son suficientes, ¿y si te digo que, a pesar de todo lo que ha ocurrido antes, confío en ti y quiero que sepas que puedes confiar en mí?

–La confianza requiere tiempo, Paolo –contestó ella–. Al igual que el respeto, es algo que hay que ganarse.

«Y, mientras te oculte la verdad sobre la paternidad de los niños, no merezco ni tu respeto ni tu confianza», pensó.

–Hay cosas en las que uno tiene que tener fe, Caroline –dijo él mirándola con sus preciosos ojos negros.

–¿Y crees que merece la pena renunciar a tu vida por una mujer a la que apenas conoces? –preguntó Caroline tratando de no escuchar a su conciencia. Tenía que estar segura antes de decírselo. Si decía la verdad demasiado pronto, era muy probable que no pudieran hacer funcionar su matrimonio.

Paolo había sugerido un periodo de prueba de un año, pero ella seguía buscando un final feliz que durara toda la vida. Por muy loca que pareciese estar, se había enamorado de él nueve años antes y se daba cuenta de que aún lo amaba.

Se daba cuenta de que había ido preparada para una batalla que no había tenido lugar, y al pensar que había pretendido usar a los niños como arma no podía evitar sentirse asqueada.

–Si me estás preguntando si seré fiel, te doy mi palabra. La razón por la que no me he casado antes es que no estaba dispuesto a hacer ante Dios una promesa que no pudiera cumplir.

–¿Y sin embargo estás dispuesto ahora a hacerlo con una mujer que has dicho que no quieres?

–Sí –contestó él–. Han cambiado muchas cosas recientemente. La tragedia nos ha cambiado a todos, particularmente a ti y a mí. De pronto tenemos que pensar en los niños. Han de ser nuestra prioridad. Se lo debemos.

–¿Y qué pasa con el resto? –preguntó ella. Su sentido común le decía que no debía hacer presión sobre el asunto, pero no podía evitarlo–. Los niños por sí solos no bastan para mantener unido un matrimonio, y yo debo saberlo. A pesar de tener dos hijas pequeñas y una esposa que lo necesitaba, mi padre se marchó y dejó a mi madre para que nos criara sola.

–Entonces a tu padre no puede considerársele como un hombre. Engendrar a dos hijas y luego darles la espalda a ellas y a su madre es despreciable. Escúchame, Caroline, y créeme cuando te digo que yo no te dejaré.

—¿Entonces por qué incluir la opción de disolver el matrimonio tras un año?

—Porque esperaba que así te sintieras menos coaccionada. No estoy tan ciego como para esperar que vayas a permanecer con un matrimonio que no puedes soportar. Pero deja que te aclare una cosa. Si nuestro matrimonio no dura, será porque tú decidas ponerle fin. Y te lo pienso poner muy difícil para que no llegues a esa decisión.

Si el modo en que la apretaba con el brazo alrededor de los hombros no era suficiente advertencia, aquella nota amenazadora en su voz bastó para advertirla de su próximo movimiento. Comenzando por la frente, fue cubriéndola de besos hasta llegar a los labios.

«Una boca así debería estar prohibida», pensó ella, sintiendo cómo cualquier razón para detenerlo se evaporaba de su mente. Si, durante su matrimonio no hiciese otra cosa que besarla, podría considerarse una mujer feliz.

Pero Paolo estaba dispuesto a placeres mucho más eróticos. La tumbó en la cama y, con la tranquilidad de un hombre experimentado, fue desabrochándole uno a uno los botones del camisón. Entonces separó el tejido y dejó al descubierto sus pechos desnudos.

Sin quedar satisfecho, continuó luchando con el camisón, deslizándoselo hacia abajo con esfuerzo hasta colocárselo alrededor de la cintura. Otro tirón más y consiguió bajárselo por las piernas y hasta los pies, dejándola completamente desnuda.

Caroline había llevado a los bebés en el vientre casi nueve meses y, aunque su cuerpo había superado la experiencia mejor que la mayoría, las señales estaban ahí, si es que él se molestaba en buscarlas. Invadida por una repentina ola de modestia, ella trató de retorcerse para apartarse de su mirada. Pero no lo consiguió. Negando la cabeza a modo de reprobación, Paolo le agarró las muñecas con una mano y se las sujetó encima de la cabeza.

Indefensa, Caroline se rindió y se sometió a su escrutinio, sintiendo su aliento cálido sobre su cuerpo.

–*Magnifica… incredibile* –susurró Paolo deleitándose con su cuerpo–. *Venero, la mia bella!*

Lo que finalmente acabó por seducirla no fue que dejara de mirarla y comenzara a recorrer su cuerpo con la boca, sino que lo hizo con la delicadeza de un experto examinando una exquisita obra de arte.

Si le hubiera demostrado ese tipo de ternura la primera vez que la había seducido, Caroline probablemente hubiera pensado que se trataba de una deliciosa recompensa por haberle entregado su virginidad. Pero la había enseñado demasiado bien. Sabía de sobra que aquello no era más que el preliminar de un placer mucho más exquisito y explosivo.

–¡Paolo…! –suspiró tratando de liberar sus manos–. Deja que te toque.

–Paciencia, mi amor –contestó él cubriéndole el cuello de besos–. Tenemos toda la noche para disfrutar el uno del otro.

–No si tu padre te encuentra aquí.

Entonces deseó no habérselo recordado. Apartándose sin la menor vacilación, Paolo se puso en pie y se dirigió hacia la puerta con paso firme.

–Tienes razón. Despertaría a toda la casa con sus gritos.

El arrepentimiento se llevó consigo todas las expectativas, dejándola decepcionada e insatisfecha. No tenía sentido engañarse a sí misma diciéndose que por la mañana se sentiría mejor, que se alegraría de haberle parado los pies. Lo deseaba desesperadamente, y por razones que iban más allá del sexo. Quería formar parte de él en todos los sentidos: física, emocional y espiritualmente.

Había crecido sin un padre, sin tíos ni hermanos. Por supuesto, tenía un hijo, y una hija, pero incluso eso tenía que agradecérselo a Paolo.

Tras aceptar finalmente que aquello era algo que ni el tiempo ni las circunstancias cambiarían jamás, dejó a un lado el poco orgullo que le quedaba y rogó:

—Paolo, por favor, no te vayas.

—Debo hacerlo —dijo él tajantemente y, antes de que Caroline pudiera repetir su plegaria, la puerta se cerró tras él.

Desesperada, Caroline agarró las sábanas y se las llevó a la boca en un intento por silenciar el llanto que amenazaba con sobrepasarla. Era una crueldad haber estado tan cerca del paraíso y haberlo perdido todo por unas cuantas palabras mal escogidas.

Entonces, milagrosamente, la puerta se abrió de nuevo y Paolo reapareció.

—Pensé que te habías marchado para no volver —dijo ella sorprendida y agradecida.

—¿No volver? —dijo él, cerró la puerta con llave y, tras dejar la llave sobre la cómoda, comenzó a quitarse la ropa—. Caroline, ángel mío, no podría mantenerme alejado ni aunque lo deseara.

Cuando llegó a la cama, estaba tan desnudo como ella. Y, como ella, había cambiado con los años. El joven hijo de Salvatore Rainero se había convertido en un hombre con un porte impresionante, y se quedó asombrada al verlo.

Siempre había sido alto, moreno y guapo, pero a los veinticuatro había algo suave en su constitución, un indicador de lo deprisa que vivía la vida. Además, en aquella época, llevaba demasiadas joyas. Una cadena de oro colgada del cuello, diamantes alrededor de su reloj de pulsera, otro diamante en uno de sus anillos.

Pero en la actualidad llevaba sólo un discreto reloj

de oro, que se quitó junto con el resto de la ropa, y una sobria cadena que brillaba levemente sobre su piel bronceada. Sus hombros eran más anchos y sus músculos más definidos. Sus miembros eran fuertes y su estómago plano.

–¿Puedo? –preguntó él colocándose lo suficientemente cerca para que ella pudiera tocarlo.

–Creo que lo harás muy bien –dijo ella arrodillándose frente a él–. Y no sólo esta noche.

–¿Qué estás diciendo, Caroline?

–Sí –dijo ella humedeciéndose los labios con la lengua–. Estoy diciendo que sí. Me casaré contigo.

–Entonces deja que te diga una cosa –dijo él con un brillo triunfante en la mirada–. Mírame ahora y observa que estoy lejos de ser perfecto. Has de saber que cometeré errores, que habrá veces en las que puede que haga o diga cosas que te hagan desear no haber dicho que sí.

Se inclinó sobre ella y le clavó su mirada oscura antes de continuar hablando.

–Sería muy fácil para mí decirte que te quiero, Caroline. Pero esas palabras no han de decirse a la ligera y, aunque tú y yo tenemos un pasado, sólo llevamos unos días juntos. Así que me ahorraré las palabras para otro momento, cuando sean sinceras. Por ahora diré sólo, y sin reservas, que te admiro y te deseo.

Le tomó la mano y la colocó sobre su pecho.

–Con cada latido de este corazón, te prometo que nunca te haré daño deliberadamente. Nunca te mentiré y nunca traicionaré nuestro convenio matrimonial. Tu sinceridad y tu generosidad me inspiran, tesoro, y me dan esperanzas para el futuro.

En ese momento Caroline sintió que debía escuchar a su conciencia. Ese hombre tan maravilloso se estaba entregando a ella como lo que era, sin tapujos. ¿Y qué tenía ella que entregarle a cambio? Un secreto que se había hecho tan enorme que no sabía cómo confesarlo y no echarlo todo a perder. Había ido dejando pasar oportunidades porque pensaba que ocultar la verdad sobre los niños era su única arma contra el hombre al que había considerado como su enemigo durante largo tiempo.

De un modo u otro tenía que decírselo, y pronto. Esperar hasta que fueran marido y mujer sería como demostrar que todo en su matrimonio era falso.

—Paolo —comenzó con voz temblorosa—. Yo tampoco soy perfecta precisamente. Hay cosas sobre mí que no sabes. Secretos que mereces…

—Eso ya lo imagino, Caroline —dijo él poniéndole un dedo en los labios para silenciarla—, pero nada de lo que digas hará que dejes de ser una buena madre de alquiler para Gina y Clemente. ¿Y no es de eso de lo que trata nuestro matrimonio?

—Sí, pero…

—Nada de «peros» —la interrumpió él, y le deslizó la mano sobre su pecho hasta llegar a su ingle—. Estamos aquí sentados y desnudos el uno junto al otro en una cama enorme y sin embargo perdemos el tiempo hablando. No, *la mia bella*, ya hablaremos en otro momento.

Su erección había disminuido ligeramente, pero con sus roces volvió a crecer y a recuperar su vigor. Palpitaba caliente y suave contra la palma de su mano, y ni toda la culpa del mundo pudo hacer que ella se apartara.

—Sí —susurró él tocándole los pechos con ambas manos mientras ella le acariciaba—. Así sellaremos el vínculo que nos unirá.

¿Cómo iba a negarse? ¿Cómo iba a fingir que su atención la dejaba indiferente cuando deslizó su lengua hasta los pliegues de su piel, donde más húmeda estaba? ¿Cómo diablos silenciar sus gritos cuando el clímax del que se había privado durante tanto tiempo la alcanzó con la fuerza de una tormenta?

«¡Te quiero!», pensó. «¡Te quiero!».

—Te deseo —gritó en su lugar—. Paolo, te deseo ahora, te quiero dentro de mí, por favor.

Paolo alcanzó el paquete que había dejado sobre la mesa junto con la llave y entonces recordó la razón por la que antes había abandonado la habitación.

—Un momento —contestó él—. Ya tenemos demasiados problemas. No los incrementemos con un embarazo que ninguno de los dos deseamos. Si permanecemos casados, tendrá que ser por elección, no por obligación.

Paolo se puso el preservativo y la tomó de nuevo entre sus brazos.

—Pareces abatida, cariño. ¿No crees que engendrar un niño sería injusto tanto para él como para los gemelos?

—Por supuesto —dijo ella.

—Y sin embargo sigues pareciendo abatida. ¿No creerás que un preservativo disminuya el placer?

—No —dijo ella.

—¿Entonces qué?

—Sólo quiero que me hagas el amor. Has dicho que no íbamos a pasar la noche hablando y, sin embargo, eso es lo que estamos haciendo.

—No te preocupes, Caroline —murmuró Paolo—. La noche es joven. Tenemos horas para estar juntos, y he venido preparado para utilizarlas todas.

Entonces dejó de hablar y se dedicó a confirmar lo que ella había sabido durante años, que lo único que hacía falta para hacer que sus sentidos cobraran vida era el hombre apropiado.

Sin prisa, Paolo exploró hasta el último rincón de su cuerpo, acariciándolo con las manos y empleando la lengua en besarla de arriba abajo, desde la oreja hasta las piernas.

Sin embargo, en ningún momento traspasó la barrera de sus muslos para llegar a la zona que ella más deseaba que acariciara. Sabía cómo atormentarla hasta hacerle rogar y gritar. Incapaz de controlarse, Caroline hizo que la besara de nuevo en la boca, deslizó las manos por su torso hasta palpar su erección y observó el sudor en su frente antes de perder el control y dejarse llevar.

Con un gemido grave y profundo, Paolo la penetró y se quedó inmóvil, apretando la mandíbula. Era un ejercicio inútil, uno que jamás podría ganar, porque los demonios del deseo lo habían atrapado con fuerza, al igual que a ella.

Caroline le rodeó la cintura con las piernas y, por primera vez desde que había concebido a sus hijos, se sintió completa. Se sintió libre para dar, para recibir, para amar con todo su corazón, su alma y su cuerpo.

–Despacio, tesoro –susurró él con voz profunda, tratando de retrasar lo inevitable.

Pero, incluso aunque ella hubiera sido capaz de obedecer, él no podía. Consumido por un ansia que había negado durante demasiado tiempo, su propio cuerpo lo traicionó. Comenzó a moverse contra ella con ferocidad y urgencia. Hipnotizada por aquel ritmo frenético, ella respondió involuntariamente y dio rienda suelta a la tormenta que se había ido formando dentro de ella.

Sintió un espasmo, luego otro, y otro más fuerte. Tan fuerte que pensó que iba a morirse.

Paolo se quedó quieto, se tensó y gritó:

–¡Ah, Caroline, *mia bella… mio amore*!

Y la penetró una vez más con una embestida fuerte y profunda.

Aquello significaba el final de la coherencia, de la vida tal y como ella la conocía. Se disolvió, se volvió nada. Oyó una voz que una vez había sido suya gritando de placer, una voz que la llevaba hacia delante, hasta llegar al punto de no retorno. Se estaba hundiendo, al igual que él. Pero no importaba, porque estaban juntos, cuerpo con cuerpo, corazón con corazón.

Consiguió llegar a la superficie mucho tiempo después, sintiéndose renovada, una nueva mujer con una nueva vida, en un mundo nuevo. Un mundo en el que sólo existía la luz de la luna que entraba por las ventanas e iluminaba su habitación con tonos azules. Paolo estaba tumbado encima de ella, agotado, sin aliento. Y a ella le encantaba, le encantaba sentir su aliento en el cuello y el peso sobre su cuerpo.

–Supongo que debería marcharme para que puedas dormir en paz –dijo él finalmente tras levantar la cabeza.

–No –dijo ella acariciándole la cara–. Deberías quedarte. Quiero que te quedes, Paolo. No vuelvas a dejarme nunca.

–Esperaba que dijeras eso –dijo él con una sonrisa perezosa, se quitó de encima y la acercó a su cuerpo para abrazarla.

La próxima vez que Caroline fue consciente del paso del tiempo, la luna había sobrepasado la casa, dejado su habitación totalmente a oscuras. Pero no necesitaba luz para saber que, durante el sueño, Paolo y ella habían perdido la conexión. Él estaba tumbado con una pierna sobre ella y, a juzgar por cómo su mano acariciaba su pecho, él también estaba despierto, y ansioso por poseerla otra vez.

Aquel segundo encuentro la dejó sin aliento.

«Así serán las cosas entre nosotros a partir de ahora», pensó mordiéndose el labio inferior. «A veces rápidas y a veces tiernas. No importa que no diga las palabras, porque yo sentiré su amor, al igual que lo siento ahora. Entonces seré capaz de decirle cosas que no me atrevería a decir a la luz del día. Compartiré secretos que no parecerán tan aterradores al calor de la noche. Le diré la verdad y me perdonará, porque verá que hice lo que pensé que era mejor en aquel momento. El pasado dejará de importar porque nos quedará el futuro y tendremos a nuestros hijos. Recuperaremos el tiempo perdido y aceptaremos el modo en que el destino nos volvió a juntar».

–Caroline –susurró él moviéndose sobre ella.

–Estoy aquí –contestó Caroline con un gemido, dejándose llevar por la pasión en su voz.

Capítulo 7

DE NO HABER sido por las sombras que suponían las muertes de Vanessa y Ermanno, las dos semanas siguientes habrían sido de las más felices en la vida de Callie. Siguiendo los deseos de Paolo, todos se quedaron las dos semanas extra en la isla, aunque ella habría preferido que sólo estuvieran él, ella y los niños.

Pero Paolo les pidió a sus padres que se quedaran también.

—Mantener una sensación de continuidad ayudará a los gemelos a aceptar su nueva vida —razonó.

Su preocupación por los niños le llenaba a Callie el corazón de alegría. ¿Cómo no iba a adorarlo cuando les daba tanto a aquellos niños que ni siquiera sabía que eran suyos? Junto con su propio amor por ellos, aquello no haría sino fortalecer su matrimonio.

También sospechaba que Paolo había hablado con su padre porque Salvatore dejó de comportarse secamente con ella, al menos de manera explícita.

—Me alegra ver que te llevas mejor con los niños —dijo durante el desayuno pocos días después de que Callie hubiera aceptado la propuesta de Paolo—. Creo que empiezan a sentir afecto hacia ti.

Ella lo deseaba con todo corazón, y realmente lo pensaba. La verdad era que habían comenzado a incluirla en sus actividades.

—¿Vendrás tú también, tía Caroline? —preguntó Clemente la tarde en que Paolo sugirió hacer un pequeño crucero con el yate que había amarrado en el puerto.

–Por supuesto –dijo ella, y tuvo que aguantar las lágrimas al ver la cara iluminada del niño.

Su pequeño, su hijo. Fuerte y guapo como su padre pero con una ternura que le recordaba a Lidia y a su propia madre. Qué orgullosa habría estado Audrey Leighton de sus dos nietos.

Otro día, Gina decidió jugar al escondite.

–Tía Caroline y yo jugaremos contra Clemente y tú –le dijo a su tío, y los guió a todos hasta unas puertas de hierro que daban a un jardín de estilo italiano–. Y no haréis trampa.

–Si tú lo dices –contestó Paolo.

No podía negarse que Gina era hija de su padre. Tenía una voluntad de hierro, era decidida e independiente.

–Al principio no me caías muy bien, a pesar de que la abuela decía que tenía que ser así –le había dicho a Callie abiertamente la noche antes, mientras ella le cepillaba el pelo–, pero ahora que te conozco mejor, eres muy simpática. No me importaría si te quedaras con nosotros para siempre. No es tan bueno como cuando mamá estaba aquí, claro, pero es agradable tener a alguien que sabe cómo peinarme. A la abuela no se le da muy bien, y una vez en que el tío Paolo lo intentó, le quedó hecho un desastre.

–Primero nos esconderemos nosotras –decidió la tarde del escondite, y les ordenó a su hermano y a Paolo que se taparan los ojos y contaran hasta cien. Entonces le dio la mano a Callie y corrió con ella por un camino de gravilla rodeado de estatuas de mármol–. Sígueme, tía. Sé el lugar exacto donde escondernos.

Bordeó un estanque con una fuente en el medio y se metió entre dos bancos de piedra, colándose después por un hueco que había en uno de los setos.

–Detrás de esto –susurró, y echó a un lado una parra, revelando una gruta natural poblada de helechos–. Jamás nos encontrarán aquí. Es mi lugar secreto.

Nunca se lo he enseñado a Clemente. Sólo mamá lo sabe. Y ahora tú.

—Es un honor que lo hayas compartido conmigo —dijo Callie.

—Tú no se lo dirás a nadie, ¿verdad, tía Caroline?

—No —prometió ella—. Y jamás vendré aquí a no ser que tú me invites.

—Mamá y yo solíamos encender velas —dijo la niña mientras se adentraba más en la gruta—. Allí arriba, ¿ves? En aquellos tarros de cristal. Luego nos sentábamos en los cojines que traíamos de la casa y hablábamos de cosas privadas que los chicos y los padres no comprenden. Pero no creo que sea buena idea encender velas hoy.

—No —dijo Callie suavemente—. Eso es algo especial entre tu madre y tú. Además, no queremos que nos descubran y hay suficiente luz del exterior para que podamos ver.

De pronto la niña se detuvo y se llevó el dedo a los labios.

—Los oigo —susurró—. Vamos a escondernos al fondo. Podemos sentarnos en las rocas.

Allí hacía mucho más frío y todo estaba más oscuro. Callie deseó llevar una chaqueta sobre el jersey, y Gina debió de sentir también el frío porque, sin decir palabra, se acurrucó a su lado.

Callie se quedó sin aliento y le pasó el brazo sobre los hombros a su hija.

—Es agradable estar a tu lado, como estaba con mamá.

No hubo tiempo de responder con palabras, porque se escucharon pisadas acercándose. De modo que simplemente abrazó a Gina más fuerte contra su cuerpo.

—No pueden haber llegado tan lejos —dijo Paolo desde la entrada de la cueva. Si se hubiera acercado un poco más, habría atravesado la parra y las habría encontrado—. Aquí no hay nada más que un camino a la playa, y las veríamos si se hubieran ido por ahí.

—Gina a veces viene por aquí. La he observado, e

incluso una vez la seguí, pero la perdí. A veces es demasiado lista para mí –dijo Clemente.

Paolo se aclaró la garganta haciendo mucho ruido y dijo:

–Será mejor que demos media vuelta entonces. Puede que se hayan escondido detrás del seto y ya nos estén esperando en la puerta. Si no es así, las buscaremos en el patio. Hay muchos lugares allí donde podrían estar escondidas.

Sus voces se hicieron más lejanas a medida que se alejaban hacia la villa.

–Es tan fácil engañar a los chicos –dijo Gina cuando se hizo el silencio de nuevo–. No son en absoluto como nosotras, ¿verdad, tía Caroline?

–No –dijo ella sintiéndose profundamente emocionada. Poder abrazar así a su hija de ese modo, compartir confidencias y bromas con ella eran regalos que no tenían precio, y no los habría cambiado ni por todo el oro del mundo–. Ahora deberíamos ir a la puerta, ¿no crees?

Gina negó con la cabeza y dijo:

–A mí me gusta estar aquí sentada contigo.

Más tarde, mientras tomaban algo de beber antes de la cena, Paolo se acercó a Callie y le susurró:

–¿Te lo has pasado bien escondida en la gruta con tu sobrina?

–¿Adivinaste que estábamos ahí? –preguntó ella riéndose.

–Claro que lo adiviné. Incluso aunque no me conociera la isla como la palma de mi mano, os habrían delatado las risitas nerviosas provenientes de detrás de los matorrales.

–¿Entonces por qué no nos delataste?

–Las dos parecíais tener un vínculo. Decidí que era mejor no molestaros.

Callie se sonrojó al ver cómo la miraba fijamente y apartó la mirada.

—Haces eso mucho últimamente, ¿sabes? Tus padres van a empezar a sospechar.

—¿Qué hago?

—Sonreírme y mirarme como si hubiera algo entre nosotros.

—Es que lo hay, Caroline. Estamos prometidos en secretos.

—Como sigas comportándote así, dentro de poco ya no será un secreto.

No estaba exagerando. Intercambiaba miradas muy frecuentemente con ella, durante la cena, o mientras tomaban en café con sus padres en el solarium, o mientras jugaba con su padre al ajedrez. Eran el tipo de miradas y de sonrisas que un amante le dirigía a su mujer, el tipo de cosas que parecían decir que no podía esperar a desnudarla.

Y al parecer no podía. Cada noche, sin excepción, iba a su habitación. Ella estaba tumbada en la cama, desnuda y temblando ante la expectación. La puerta se abría y veía su silueta mientras entraba, silencioso como las sombras, en la habitación.

Ella se incorporaba para recibirlo y los dos se fundían en una maraña de brazos y labios ansiosos. Él la besaba por todo el cuerpo y le daba orgasmos con sólo un dedo, o con la lengua. Luego la penetraba, moviéndose con tal fuerza que, a veces, se preguntaba cómo no se rompía el preservativo que siempre utilizaba.

—Vamos a dar un paseo por la playa —sugirió él al terminar de comer un día, poco antes de que acabaran las dos semanas—. Tenemos que hablar.

—¿Nosotros también, tío Paolo? —preguntaron los gemelos.

—Esta vez no —dijo él—. Lo que tengo que decirle a Caroline es secreto de momento, pero prometo compartirlo con vosotros muy pronto. En cualquier caso, tenéis que pasar la tarde poniéndoos al día con los estudios, o cuando volváis a la escuela os quedaréis atrás.

—¿Hay algún problema? —preguntó Caroline cuando estuvieron lejos de la villa.

—Sí —dijo él con una sonrisa—. He estado pensando en lo que dijiste el otro día sobre que mis padres descubrieran algo, y tienes razón. Parece que no puedo mantenerme alejado de tu cama y, tarde o temprano, me pillarán. Y me niego a tener que colarme en tu habitación como un adolescente.

—¿Y qué quieres hacer al respecto?

Él le dio la mano y la ayudó a saltar el muro que separaba los jardines de la playa.

—Anunciar nuestro compromiso y hacerlo oficial.

—¿Crees que los niños están preparados para escucharlo?

—Creo que sólo hay una manera de averiguarlo.

—¿Y qué pasa con tus padres?

—No creo que su reacción sea muy relevante, *cara*. No hemos tomado esta decisión a la ligera, y no necesitamos su bendición.

—Aunque sería bueno contar con ella —dijo ella—. Hacía mucho que no me sentía parte de una familia.

—Serás una parte crucial de la que formemos juntos, Caroline. Los niños y yo seremos tu familia. Y debes saber que mi madre te recibirá con los brazos abiertos como a una hija.

—No es tu madre la que me preocupa.

Paolo se rió al contemplar la expresión de su cara, que le recordaba a la de un niño obligado a tomarse una medicina que sabe mal.

—Me encargaré de mi padre —dijo él—. No te causará ningún problema.

—¿Cuándo piensas decírselo?

—Esta noche, antes de la cena. Le he dicho a Yolanda que prepare algo especial. Brindaremos por el futuro con champán, aunque los niños tendrán que hacerlo con zumo de frutas.

—¿Y estás absolutamente seguro de querer seguir adelante con esto?

—Absolutamente —contestó Paolo, y se detuvo al notar la vacilación en su voz—. ¿Es que tú no?

—Sí; Paolo —dijo ella—. Después de cómo han ido las cosas con los niños en estos últimos días, creo que tengo posibilidades de que funcione.

—¿Y conmigo?

—Quiero hacerte feliz —dijo Caroline encogiéndose de hombros.

—Ya lo haces, *cara mia.*

—¿De verdad?

—¿Por qué si no crees que no puedo mantenerme alejado de tu cama?

—¿Porque te da miedo la oscuridad? —preguntó ella riéndose por fin, haciendo que sus ojos azules brillaran de felicidad, y salió corriendo cuando él intentó agarrarla.

Llevado por un súbito torrente de deseo, la persiguió hasta una columna de piedra arenisca y la abrazó, disfrutando con el tacto de su cuerpo contra el suyo.

La idea de hacerla su mujer le parecía ya completamente natural. Sin saber cómo ni cuándo había ocurrido exactamente, Caroline se había colado en su corazón y ya no podía imaginarse la vida sin ella.

¿Sería posible que él, a quien una antigua amante había catalogado como «incapaz de comprometerse con algo que no fuera su familia», hubiera encontrado a su media naranja? Eso le parecía porque, si lo que sentía por Caroline no podía catalogarse de amor, ¿entonces cómo describir esa sensación que llenaba su corazón cada vez que pronunciaba su nombre, o cada vez que entraba en la habitación?

—No vale salir corriendo, Caroline. Ahora que has aceptado hacer público nuestro compromiso, oficialmente me perteneces.

–Ah –dijo ella batiendo las pestañas inocentemente–. ¿Entonces estoy en problemas?

–Seguramente. Tendré que castigarte para mantenerte a raya.

–¿Y no aceptas esto como una disculpa?

Sin previo aviso, se puso de puntillas y le dio un beso en la mandíbula, luego bajó la boca hasta su cuello y la respuesta de Paolo fue tan poderosa e instantánea que estuvo a punto de perder el control.

Paolo miró hacia la playa y se aseguró de que estuvieran lo suficientemente alejados de la villa, se dio la vuelta para apoyarse contra la columna y pegó a Caroline a su cuerpo.

Ella llevaba una falda plisada que le llegaba hasta las rodillas. Le llevó un segundo levantársela y meter el dedo bajo sus bragas. Un segundo después ella ya le había desabrochado la cremallera de los vaqueros.

–Tu ropa interior está en medio –dijo sintiendo cómo el corazón se le aceleraba.

–Entonces rásgala –suspiró ella–, pero date prisa, por favor.

Deslizó las manos sobre sus nalgas y la levantó hasta que Caroline le rodeó la cintura con las piernas.

–Esto es una locura, tesoro. No llevo preservativo.

–No me importa –dijo ella y, con la mano libre, se rasgó las bragas y condujo a Paolo a su interior–. ¡Ahh! –gimió al sentirlo dentro, echando la cabeza hacia atrás y cerrando los ojos–. ¡Más deprisa, Paolo, más fuerte!

Podían engendrar un bebé, y la conciencia de Paolo le decía que estaban corriendo un riesgo. Pero su cuerpo le pertenecía a Caroline. Ella lo poseía sin piedad y, cuando él llegó al orgasmo, Caroline apretó las piernas con más fuerza, recibiendo sus sacudidas.

Agotado, se dejó caer en la arena con ella encima y los dos se fundieron en un solo ser. Le apartó el pelo de la cara y dijo:

–¿Te das cuenta de que podría haberte inseminado? ¿Que podríamos haber puesto en peligro nuestro matrimonio?

–¿Por un bebé? –preguntó ella mirándolo fijamente–. ¿Cómo podría un bebé inocente hacer eso?

–Nos supondría un esfuerzo imposible. Ya tenemos que ejercer de padres con dos niños que necesitan seguridad. No deberían tener que competir con un tercero que fuera de nuestra propia sangre.

–No tendrían que competir si hacemos que se sientan igual de queridos –dijo ella tratando de recolocarse la ropa, algo imposible en lo que respectaba a su ropa interior. Pero parecía decidida a repararla, parecía decidida a hacer cualquier cosa menos mirarlo a los ojos y aceptar sus preocupaciones.

–Mírame, Caroline –dijo él agarrándole las manos–. Para de tratar de arreglar algo tan insignificante como unas bragas de algodón. Tenemos problemas mayores. Dices que querríamos igual a nuestros sobrinos que a nuestro propio hijo, ¿pero cómo puedes garantizarlo? Piensa en ello. Un bebé que llevarías dentro de ti durante nueve meses y que, tras nacer, demandaría toda tu atención. ¿Cómo podrías dividirte entre tres cuando tu corazón le pertenecería sólo a uno?

–¿Cómo podría no hacerlo? –susurró ella con los ojos llenos de lágrimas–. Gina y Clemente son mis... son los hijos de mi hermana.

–Lo siento –dijo él–. No quería hacerte llorar, ni te culpo por mi descuido.

–Pues deberías –contestó Caroline–. Soy yo la que ha insistido en que hiciéramos el amor.

–Por si lo has olvidado, ninguna mujer puede seducir a un hombre si él no quiere. Evitar que tengas un embarazo no deseado es mi responsabilidad, y te he decepcionado.

–Bueno, probablemente te estés preocupando innecesariamente –dijo ella–. No es el momento adecuado del mes para que me quede embarazada.

–Pero no podemos confiar en eso como un método infalible –señaló Paolo.

–¿Entonces qué estás sugiriendo? ¿Que si estoy embarazada vuelva a Roma y busque una clínica para abortar?

–¡No! –exclamó él–. Caroline, tesoro, nunca permitiría que abortaras. Lo único que digo es que, en vista de lo que ha ocurrido esta tarde, es de vital importancia hacer público nuestro compromiso. Si resultara que sí estás embarazada, con una boda rápida conseguiríamos eliminar toda duda de que nos casamos por el bien del bebé. Es lo menos que podemos hacer por los gemelos, para que sepan que ellos son la razón de nuestra unión.

–Sí, claro –dijo ella aún sin mirarlo a los ojos–. Entiendo lo que quieres decir.

–Entonces estamos de acuerdo. Seguiremos adelante sin retrasarlo. ¿Dos semanas es tiempo suficiente para que te prepares?

–Más que suficiente –dijo ella mirándolo finalmente–. Estamòs llorando la pérdida de nuestros seres queridos, Paolo. Una gran boda no sería apropiada.

–No tiene que ser espectacular para ser memorable. Pero, si todo sale según lo planeado, ésta será tu única oportunidad de ser una novia, y te mereces algo más que una breve ceremonia que figure entre las demás cosas que tenemos que hacer para construir un hogar. Cada cosa a su tiempo –se levantó, se colocó la ropa y le extendió la mano–. Vamos, mi amor. Volvamos a la casa a prepararnos para una velada inolvidable. Los detalles de la boda podrán esperar hasta después de haberle comunicado la noticia a la familia.

–¿Prometido?

El anuncio de Paolo, hecho durante la hora del cóctel, hizo que todo el mundo en la habitación se quedara de piedra. Lidia se quedó con la boca abierta y se llevó las manos al pecho. Los niños se quedaron mirando asombrados. Salvatore, sin embargo, la única persona que había respondido con palabras a la noticia, volvió a hablar, con más énfasis en esa ocasión.

—¿Prometido con Caroline?

—Eso es —dijo Paolo—. Me he declarado a ella y ha aceptado. Felicítame, padre.

—¿Cuándo ha ocurrido todo esto?

—Hace varios días.

—¿Y esperáis a ahora para darnos la noticia?

—Caroline necesitaba tiempo para decidir si me quería como marido —dijo Paolo con una sonrisa—. Me alegra anunciar que, tras arduas consideraciones, ha decidido que sí.

—¿Cómo podéis casaros tú y la tía Caroline? —preguntó Clemente confuso—. Los tíos no deberían casarse con las tías.

—Sobre todo no en este caso —dijo su abuelo.

—Pueden si no están emparentados el uno con el otro, Clemente —explicó Paolo.

—No entiendo cómo.

—Bueno, cuando seáis mayores, Gina y tú puede que seáis tío y tía de los hijos del otro, pero nunca podrías casarte con ella porque es tu hermana y tú eres su hermano.

—No me casaría con ella ni aunque pudiera —declaró Clemente—. Es demasiado mandona.

—¿Eso significa que vas a vivir en América con ella, tío? —preguntó Gina, ignorando el comentario de su hermano.

—No. Planeamos vivir en Roma, muy cerca de vuestra antigua casa.

—¡Oh, eso es maravilloso! —exclamó Lidia dejando a un lado su vermouth. Abrazó a Callie y luego a Paolo—. ¡Son las mejores noticias del mundo! ¿Cuándo será la boda?

–Tan pronto como tú y Caroline podáis organizar una –dijo él–. Preferiblemente dentro de dos o tres semanas.

–¿Tan pronto? Paolo, una boda lleva su tiempo.

–Ésta no –objetó Callie–. Queremos algo pequeño y privado.

–¿A qué viene tanta prisa? –preguntó Salvatore–. Aún lloramos la pérdida de nuestros seres queridos.

–Por eso queremos reducir la fiesta al mínimo –dijo Paolo, y se dirigió a los gemelos–. Pero aún hay más. A la tía Caroline y a mí nos gustaría daros un hogar. Queremos que vengáis a vivir con nosotros.

–¡Así que se trata de eso! –exclamó Salvatore visiblemente aliviado–. Había empezado a pensar que habías perdido el juicio.

–Si no eres capaz de alegrarte por Caroline y por mí –dijo Paolo–, al menos ten la decencia de mantenerte callado.

–¿Puedo ser dama de honor? –preguntó Gina saltando sobre el sofá, ajena a la tensión que se vivía en la habitación–. Mi amiga Anita fue dama de honor cuando su tío se casó, y llevó un vestido muy bonito y flores en el pelo.

–Claro que puedes –dijo Paolo–. Toda novia tendría que tener una dama de honor para que la ayudara el día de su boda, al igual que todo novio ha de tener a su padrino –añadió, y miró a Clemente–. ¿Estás dispuesto a aceptar el trabajo, Clemente? ¿O se lo pido a otra persona?

–Yo lo haré –dijo Clemente con solemnidad–, pero antes tengo una pregunta. Todo lo que dices hace que Gina y yo seamos felices, ¿pero cómo puede estar eso bien cuando nuestros padres acaban de morir?

–Oh, cariño –dijo Callie acercándolo a ella–, nunca pienses que no tienes derecho a ser feliz. Tus padres no querrían eso en absoluto.

–¿Pero no pensarán que los olvidaremos si vamos a vivir con vosotros?

–No –le aseguró ella–. Porque saben que jamás seremos capaces de ocupar su lugar. Simplemente haremos su trabajo.

–¿Y sabrán que aún los echamos de menos?

–Claro que lo sabrán. Todos los echaremos de menos, pero creo que se sentirán mejor sabiendo que vuestro tío y yo cuidamos de vosotros.

–Nos tienen a su abuela y a mí –le recordó Salvatore.

–Sí –contestó ella mirándolo de reojo–. Pero estará de acuerdo en que jamás habrá suficiente gente para ocuparse de ellos y, lo crea o no, señor Rainero, el bienestar de sus nietos es algo que llevo muy dentro de mí.

–Eres simpática, tía Caroline –dijo Clemente, impresionado por sus palabras.

–¿Lo suficientemente simpática como para que me des un abrazo?

–De acuerdo –dijo finalmente el niño, y se acercó a abrazarla.

Era la primera vez que sentía sus brazos alrededor y sentía que lo hacía de corazón, no llevado por la obligación.

–Bueno, ya basta de estrangular a mi futura esposa –dijo Paolo–. Y nada de lágrimas, Caroline y mamá. Esta noche es para celebrarla.

–¿Por eso hay champán en la nevera? –preguntó Salvatore–. Bien, dado que los dos parecéis decididos, supongo que debería proponer un brindis.

Capítulo 8

LA CENA aquella noche fue casi festiva. Casi.

—Tendremos que encontrar un vestido para tu gran día, Caroline, y también uno para Gina —dijo Lidia—. Me encantaría ir de compras contigo y presentarte a mi diseñador favorito.

—Serás bien recibida, pero había pensado comprar algo que no fuera muy extravagante —dijo Callie.

—Si te preocupa el dinero —dijo Salvatore abiertamente entre sorbo y sorbo de champán—, que no sea así. Nuestro regalo será un vestido en condiciones.

Callie se preguntaba si estaría siendo deliberadamente condescendiente con ella, como si temiera que se presentara en el altar con lentejuelas rojas y plumas, o si sería ésa su manera de recibirla en la familia.

—Es muy generoso por su parte, señor Rainero —contestó ella fríamente—, pero no es el dinero lo que me preocupa. Puedo comprar mi vestido y el de Gina. Pero el tipo de boda que Paolo y yo habíamos preparado no requiere un vestido de diseño. Estoy segura de poder encontrar algo apropiado en algún buen gran almacén. Y estoy segura de que habrá de eso en Roma.

—Mi querida señorita —dijo Salvatore con una sonrisa exagerada, probablemente para disimular su horror ante semejante sugerencia—, los Rainero no compramos en grandes almacenes. Habrá más ocasiones en las que llevar un vestido de diseño cuando la boda haya acabado. De hecho, una única prenda de alta costura no satisfará tus necesidades. Como la mujer de mi hijo, asistirás a acontecimientos formales y a veces encontrarás tu fotografía en las páginas de sociedad de los periódicos italianos, por no hablar de las revistas internacionales más respetables. Será mejor que lo aceptes y comiences a comportarte de la manera adecuada.

—El papel que Caroline tendrá como mi mujer es algo que nosotros dos decidiremos —dijo Paolo—, sin que nadie nos lo obligue.

—Estoy interfiriendo, ¿verdad? —preguntó Salvatore sin muchos remordimientos—. Muy bien, me guardaré las opiniones para mí, aunque os ruego que me permitáis una concesión —añadió, y le dirigió a Callie otra de sus sonrisas demasiado amistosas—. Que, como el miembro más reciente de mi familia, Caroline, me llames Suocero, que en italiano significa...

—Suegro —concluyó ella—. Sí, señor Rainero, lo sé. En la universidad di varios cursos de italiano y soy capaz de hablarlo bastante bien.

—Creo que no lo comprendo —dijo Salvatore con una sonrisa triunfante, como si la hubiera pillado mintiendo—. ¿No dijiste que habías estudiado arquitectura?

—Eso es.

—¿Entonces por qué tanto interés en aprender italiano?

«Porque quería poder comunicarme con mis hijos por si acaso ellos no aprendían inglés», pensó ella.

—La influencia de Renacimiento italiano y del Barroco en la arquitectura moderna es enorme. Pasé un verano estudiando en Florencia, Milán y Venecia. Conocer el idioma era fundamental.

—Un verano, mmm —dijo Salvatore observándola—. ¿Fue el mismo verano en que visitaste a tu hermana y a los niños?

—Sí. Al final del semestre vine a Roma y pasé unos días con Vanessa y su familia.

—Eso se te ocurrió sobre la marcha, ¿No?

—¡Nada de eso!

–Yo no recuerdo que vinieras a visitarnos –dijo Gina.

–Eso es porque eras muy pequeña por aquel entonces –le explicó Callie, aliviada de que la niña supusiera una distracción en la conversación con su suegro–. Aún erais pequeños. Ni siquiera teníais dos años. Probablemente sólo recordarás cuando vinisteis a visitarme a San Francisco.

–¡Yo me acuerdo de eso! –exclamó Clemente asintiendo con entusiasmo–. Tú vives en una casa en lo alto de una colina y tienes una chimenea en el salón, y si te pones de pie junto a la ventana y miras hacia abajo, puedes ver una isla con una antigua cárcel.

–Eso es –dijo ella–. Se llama Alcatraz. Algún día te llevaré a visitarla, si quieres.

–¿Cómo? Está muy lejos y yo no quiero vivir en América –dijo Gina mirando a su tío–. Has dicho que íbamos a vivir aquí, tío.

–Y vamos a vivir aquí –dijo Paolo–. Pero puede que vayamos de vacaciones a San Francisco de vez en cuando. Eso no te importa, ¿verdad?

–No, mientras no tenga que quedarme allí. Echaría de menos a la abuela y al abuelo, y a todos mis amigos.

–Y nosotros te echaríamos de menos –dijo su abuelo mirando a Callie con interés–. No te permitiríamos vivir tan lejos.

¿Permitir? ¿Quién se creía que era?

Callie tuvo que morderse la lengua para no estallar. ¿Por qué no hablaba abiertamente y le decía que no confiaba en ella y que todo el asunto del matrimonio le revolvía las tripas?

–Por si acaso lo ha olvidado, señor Rainero, el principal objetivo de crear un hogar para los niños es causarles las menores molestias posibles. Por eso mudarnos a San Francisco o a cualquier lugar que no fuera Roma sería contraproducente, ¿no cree?

Salvatore inclinó la cabeza y la cena terminó poco

después. Aunque a Callie se le hizo como una eternidad. Ya había tenido bastante de la actitud insolente de su suegro por un día, y cuando Lidia le propuso que la ayudara a meter a los niños en la cama, se puso en pie de un salto.

Sentada en la cama de Clemente, con el niño acurrucado a su lado, y Gina tumbada en la otra cama, y observando sus caritas mientras Lidia les leía, en inglés, otro capítulo de *Sarah Plain and Tall*, Callie se sintió agradecida por los cambios que habían tenido lugar en su vida en los últimos días.

Aquello era lo que ella se había perdido con sus hijos, las rutinas del día a día, y tener la oportunidad de formar parte de eso era algo milagroso.

–Sarah es como tú, tía Caroline –dijo Gina cuando Lidia cerró el libro.

–¿Quieres decir alta y sencilla? –preguntó Callie riéndose.

–No –dijo Gina–. Eres guapa. Te pareces mucho a mamá. Pero has venido a cuidar de nosotros porque ella ya no puede, y eso es lo que Sarah hace en la historia.

–Sí –dijo ella dándole un beso en la frente a su hija–. Y, como Sarah, yo nunca te dejaré.

–¿Y a mí? –preguntó Clemente.

–Y ti tampoco.

Su padre cerró la puerta de la biblioteca y se dirigió a la mesa donde esperaban el café y los licores. Sirvió dos copas de brandy y dijo:

–De acuerdo, aquí sólo estamos tú y yo. Dime, hijo, ¿qué hay detrás de la absurda idea de casarte con Caroline Leighton?

–Ya te lo he dicho –dijo Paolo–. Quiero recomponer las vidas de los gemelos de la mejor manera posible.

–Y ambos sabemos que no necesitas casarte con esa mujer para conseguirlo. Y, si piensas que necesitas una mujer para que tengan una figura maternal, hay docenas de mujeres más apropiadas que ella y que darían saltos de alegría ante la idea.

–Pero ninguna estaría tan dedicada al bienestar de los niños. No puedes negar que quiere a Gina y a Clemente. Espero que acabes por darnos tu bendición, aunque desapruebes mi elección.

–Al menos no insultas mi inteligencia haciéndome creer que estás enamorado de ella –dijo Salvatore tras una pausa.

–En esta discusión es irrelevante lo que yo sienta por Caroline –dijo Paolo echando otro leño más al fuego que había en la chimenea.

Fue una respuesta inteligente, tanto que ni siquiera su padre detectó la mentira. Pero no tenía sentido engañarse a sí mismo. Sus sentimientos hacia Caroline habían experimentado un gran cambio. Había ido enamorándose cada día más de ella, y no había acabado. Probablemente nunca acabase.

Pensó en la manera tan extraña en que a veces sucedían las cosas. ¿Quién hubiera pensado que lo que comenzó con un funeral iba a terminar con una boda? ¿Que la pena mutua iba a sentar los cimientos para el amor?

El día en que había recibido a Caroline en París, la había visto como la enemiga declarada de su familia, una con la que pelearía con todas sus fuerzas. No había imaginado que quedara en ella rastro alguno de la inocencia que una vez él había descubierto.

O eso había pensado en su momento. Poco a poco había ido descubriendo su verdadera personalidad. Aquella primera tarde, cuando Tullia, la niñera de los niños, los había llevado de vuelta del parque, Caroline, que estaba tomando el té con su madre, se había puesto en pie de un salto tan rápidamente que la taza se había volcado sobre el plato.

–¡Oh! –había susurrado, y había atravesado la habitación hasta donde estaban los niños, abrazándolos con fuerza.

Había escuchado en aquella única sílaba todo su amor, y algo que, de no haberlo sabido, él habría identificado como arrepentimiento. Sin embargo, los niños habían permanecido impasibles, sin saber muy bien si aceptarla o rechazarla.

–¿Es que no vais a decirle *ciao* a vuestra tía? –les había preguntado.

–*Ciao* –habían dicho los niños al unísono, y habían tratado de liberarse del abrazo.

Desde ese momento, Paolo había ido enamorándose más y más de ella. ¿Cómo si no podía explicar el no poder quitarle las manos de encima? ¿Por qué si no le habría propuesto que se casara con él?

Puede que consiguiera engañar a todos los demás con sus motivos altruistas, y sí, sus sobrinos habían sido parte importante en su decisión, pero no tenía sentido engañarse a sí mismo. Deseaba a Caroline a pesar de todas las razones prácticas que tuviera para casarse con ella. Estaba enganchado, así de simple. Y le encantaba.

Incapaz de borrar la sonrisa de su cara, se sacudió las manos y agarró su copa, consciente de que su padre lo observaba atentamente.

–¿Dices que tus sentimientos hacia Caroline son irrelevantes, Paolo? –preguntó el–. Entonces te diré que, o me estás mintiendo o, peor aún, te estás mintiendo a ti mismo.

–Tienes derecho a tener tu opinión.

–Nada de opiniones. Admítelo, hijo. Estás hechizado por ella. Te ha hechizado con sus sonrisas. Te ha convencido con sus lágrimas. Por eso, por tu seguridad y la de mis nietos, pretendo decirles a mis abogados que redacten un contrato prenupcial. El hecho de que esa maldita mujer ahora sea dulce y amable no quiere decir que vaya a permanecer así en el futuro.

—Escucha bien lo que voy a decir, padre —dijo Paolo tratando de contener su rabia—. Primero, no harás tal cosa. Segundo, nunca más te referirás a mi esposa con semejante desprecio. No lo toleraré bajo ninguna circunstancia.

—Qué valiente, Paolo —contestó su padre—, pero me temo que ya no puedes controlar mis sentimientos. Parece que no puedes controlar ni los tuyos.

—Pero tú puedes controlar tu lengua. Puedes y lo harás. Tratarás a Caroline con cordialidad y civismo. Y si me desafías, te aseguro que te privaré del placer de la compañía de mi familia.

—¡No te atreverías a negarme el acceso a mis nietos! —exclamó su padre, respirando cada vez más aceleradamente.

—Desafíame —dijo Paolo, negándose a mostrarse alarmado por los síntomas de su padre.

—Déjame que te recuerde que soy la cabeza de esta familia, Paolo.

—Al igual que yo lo seré de la mía. Harías bien en recordar eso.

—Me acusas de no mostrar estima por tu prometida y, sin embargo, te atreves a tratarme con tan poco respeto.

—Te respeto como padre, pero jamás permitiría que trataras mal a mi mujer. ¿Qué ha hecho Caroline para ofenderte? ¿Es el hecho de que haya sido necesaria una tragedia de monumentales proporciones para que viniese a Italia? ¿Es la creencia de que representa algún tipo de amenaza para tus nietos? ¿O es porque se ha labrado una vida exitosa por ella misma sin tener que pedirte ayuda jamás y se niega a dejarse intimidar por ti?

—No muestra ningún respeto hacia la herencia de nuestra familia —dijo Salvatore—. No comprende el legado de mis nietos. Es demasiado americana en su apariencia y en sus formas.

Frustrado por ser aquélla la enésima discusión sobre el mismo tema, Paolo trató de razonar una última vez.

–Una vez dijiste lo mismo sobre Vanessa, y luego admitiste que la habías prejuzgado.

–Ella era diferente. Ella mostraba respeto por nuestra manera de hacer las cosas. Ella aceptó nuestros valores y nuestras costumbres.

–Y Caroline hará lo mismo. ¿Por qué si no habría accedido ya a vivir aquí? Por favor, deja tus dudas a un lado. Nuestra familia ha sufrido mucho últimamente, y tenemos que permanecer unidos, no enzarzarnos en peleas absurdas que no harán sino separarnos.

Por un momento, su padre pareció considerar aquella sugerencia. Entonces, echó la cabeza hacia atrás y cerró los ojos.

–Quizá tengas razón –dijo–. Quizá tengamos que aferrarnos a lo que nos queda. Por esa razón, y por el bien de mis nietos, trataré de superar mis prejuicios y recibir a Caroline, al igual que antes recibí a su hermana.

–Eres muy buena con los niños, Caroline –dijo Lidia mientras bajaban las escaleras tras meter a Clemente y a Gina en la cama–. Espero que se den cuenta de lo afortunados que son por tenerte a ti para sustituir a Vanessa.

–No creo que jamás pueda llenar el hueco que han dejado, Lidia, pero te prometo que lo haré lo mejor que pueda.

–Sé que lo harás. Pero estás entregando demasiado, tu casa de Estados Unidos, tu profesión, tus amigos. Es mucho pedir, sobre todo cuando has trabajado tan duro para llegar donde estás.

Pero la arquitectura nunca había sido más que un sustituto de lo que realmente quería. Lo habría dejado todo sin pensarlo de haberse podido quedar con sus hijos.

—Durante los próximos años, ser madre y esposa será mi profesión, y no me arrepiento —dijo ella—. La arquitectura aún seguirá ahí cuando ya no se me necesite al frente de la casa.

—Oh, siempre se te necesitará, querida —dijo Lidia—. El hecho de que los niños crezcan no significa que no necesiten a sus madres. Perdóname si hablo más de la cuenta, pero ¿habéis hablado Paolo y tú de tener más niños?

—La verdad es que no. ¿Por qué lo preguntas?

—Porque tener otro bebé puede que ayudase a cerrar viejas heridas.

Qué cosa más extraña. Sin embargo, Lidia la estaba mirando con tanta compasión, que jamás podría haberse sentido ofendida. Pero aquel comentario fue suficiente para hacerla sentir culpable una vez más, e hizo que se le revolviera el estómago.

Todo lo que siempre había querido y pensaba que jamás tendría, a sus hijos, a Paolo, la felicidad, todo estaba a su alcance. Pero perder a su hermana y a su cuñado era un precio demasiado alto. Decidió que la confesión tendría que esperar.

Sin embargo, le entraron ganas de pronto de contarle la verdad a aquella agradable mujer. Quería pedirle consejo sobre cómo decírselo a Paolo. Y necesitaba saber que, cuando decidiera confesárselo a Paolo, al menos habría allí otra persona para prestarle su apoyo, si es que lo necesitaba.

—Lidia —comenzó vacilante—, ¿hay algún lugar en el que podamos hablar sin que nos molesten?

—En mi sala de estar. Allí estaremos solas. Los hombres están tomando brandy en la biblioteca y no les importará si nos tomamos unos minutos para nosotras.

Guió a Caroline hacia la parte de atrás de la casa, a una pequeña sala con un ventanal de cristal en uno de los extremos. Era un lugar acogedor.

–Siéntate, querida –dijo cerrando la puerta tras ella y señalando hacia un banco con cojines–, y dime qué te ronda por la cabeza. ¿Tiene que ver con la boda?

Callie se había preguntado en muchas ocasiones cómo sacaría el tema. Había estado segura de que jamás encontraría las palabras, pero, al fin y al cabo, no había muchas maneras de decirlo.

–No, se trata de los gemelos. Sobre su nacimiento y la razón por la que me he mantenido alejada todos estos años. El tema es, Lidia, que el día en que Vanessa y Ermanno se casaron…

–Calla, Caroline –dijo Lidia llevándose un dedo a los labios–. No hay necesidad de explicaciones ni razón para sentirse culpable o avergonzada por algo que ocurrió hace tanto tiempo. Eras muy joven en aquella época. No tenías experiencia y me atrevo a decir que tenías miedo.

–¿Lo sabes? –preguntó Callie sorprendida.

–Sí, querida. Te vi entrar aquí a la mañana siguiente con el vestido hecho un desastre y supe que Paolo te habría tenido despierta toda la noche. En ese momento me sentí decepcionada con él. Muy furiosa. Pero forma parte del pasado, un error olvidado que ya no importa en absoluto, ahora que os habéis vuelto a encontrar.

–Creo que no comprendes lo que estoy intentando decir –murmuró Callie–. El tema, Lidia, es que…

En ese momento llamaron a la puerta y, segundos después, Paolo asomó la cabeza.

–Así que aquí es donde os escondíais –dijo él–. ¿Interrumpo algo importante?

–En absoluto –dijo Lidia–. Estábamos compartiendo una charla madre-hija, pero ya hemos terminado.

–Bien, porque el fuego está encendido en la biblioteca y el café espera. Además, papá parece un poco enfermo y…

–Entonces iré con él –dijo Lidia poniéndose en pie de inmediato–. ¿Vienes, Caroline?

No le quedaba más remedio, así que Callie se levantó y la siguió hacia la puerta, donde Paolo la tomó del brazo y le dirigió una sonrisa devastadora.

Lidia se dio cuenta y los miró apasionadamente antes de decir:

–¿Os he dicho lo feliz que me siento de que los dos seáis pareja? Saber que vais a tener un futuro juntos y que les vais a dar a mis nietos lo más cercano a los padres que han perdido me llena de fuerza y esperanza para aceptar la tragedia que ha golpeado a esta familia.

–Ha sido duro para todos nosotros, sobre todo para ti, mamá –dijo Paolo mientras abría la puerta de la biblioteca–, pero las cosas a partir de ahora irán a mejor.

–No si tengo que esperar mucho tiempo para beberme el café –dijo Salvatore levantándose de su silla para ir a recibirlas–. Lidia, *mia bella*, me alegro de que estés aquí. Algo que comí durante la cena me ha provocado indigestión, pero al verte sonreír me siento mucho mejor.

La biblioteca, con sus estanterías llenas de libros, sus cortinas rojas con estampados damasquinos y el fuego crepitando en la chimenea, conformaba un lugar agradable y acogedor. Insistiendo en que ya se sentía mejor, Salvatore aceptó una taza de café y comenzó a discutir con Paolo de negocios, mientras que Lidia retomaba las preguntas sobre la boda.

–Supongo que tendremos que fijar algunos detalles –dijo Callie cuando Salvatore y Lidia se hubieron marchado.

–Empezando por la fecha de la boda –dijo Paolo, sentándose junto a ella en el sofá frente al fuego–. Como ya habrás notado, mi padre tiende a criticar a cualquiera que se atreve a cuestionar su idea de cómo tienen que ser las cosas. Cuanto antes nos casemos, mejor.

–Digamos que tu padre tiene… demasiadas opiniones.

–Una manera discreta de decirlo, tesoro –contestó él–. ¿Qué te parece si fijamos la boda para dentro de dos semanas, a partir del sábado? Tendremos tiempo suficiente para llevar a cabo todas las formalidades legales.

–No había pensado en eso. ¿Son complicadas?

–Sólo por el hecho de ser ciudadana estadounidense. Llevas tu pasaporte, claro, pero si trajeras también tu certificado de nacimiento…

–Lo tengo. Siempre lo llevo conmigo.

–Entonces sólo tienes que hacer una declaración jurada en la embajada de Estados Unidos en Roma, para dar a entender que eres libre para casarte conmigo. Luego tendrás que hacer lo mismo ante un funcionario italiano, y para eso necesitarás cuatro testigos. Mis padres ya son dos, así que tenemos que encontrar a dos más, lo cual puede que requiera traer a una pareja de amigos tuyos de Estados Unidos durante un par de días.

–De hecho no –dijo ella–. Una amiga y su marido han alquilado una casa en la costa de Amalfi para el invierno. Él es escritor y busca material para su próximo libro.

–¿Sabes dónde estarán exactamente?

–No. Pero puedo llamar a la madre de mi amiga por la mañana y preguntárselo.

–Excelente. Si nos ayudan, les organizaré el viaje a Roma lo antes posible. Cuando tengamos esos documentos, podremos obtener la licencia en cuatro días en vez de tener que esperar los clásicos quince días.

–No nos quedará mucho tiempo, teniendo en cuenta todas las cosas que hay que hacer –murmuró ella acurrucándose contra su brazo.

–Estoy de acuerdo –contestó él acariciándole el pelo–. Ahora ya lo sabe todo el mundo, así que sugiero que volvamos a Roma mañana y comencemos a prepararlo todo. Encontraremos un lugar donde vivir y, una vez allí, te resultará más fácil ocuparte de todo.

—¿Y qué pasa con los niños? ¿Los dejaremos aquí?

—No. Ya es hora de que vuelvan a la escuela. Es el momento de que todos sigamos con nuestras vidas.

—¿Y tus padres también?

—Sobre todo mis padres. Mi padre necesita estar ocupado con algo que no sea interferir en nuestros planes. Y mi madre… sé que no es tu madre, Caroline, pero si hablabas en serio con lo de dejar que te ayudara con los preparativos, significaría mucho para ella.

—Ya sabe que dependo de ella y de su ayuda. Es una mujer adorable, Paolo, por dentro y por fuera. No te preocupes por eso.

—¿No te importará llamarla Suocera?

—La llamaré mamá, si me deja.

—Creo que le encantará. Echa de menos a Vanessa tanto como echa de menos a Ermanno. Ella y tu hermana estaban muy unidas. Haremos que funcione, Caroline —añadió antes de besarla—. Haremos que salga algo bueno de esta tragedia en la que está sumida nuestra familia.

Cuando la abrazó así y la miró como si no existiera para él otra mujer en el mundo, habría creído cualquier cosa que le dijera. Lo que había comenzado como un encaprichamiento adolescente basado en el sexo se había convertido en algo más profundo y duradero.

En un periodo de dos semanas, Paolo se había convertido no sólo en el amor de su vida, sino en su guía. Nada parecía imposible siempre y cuando él estuviera a su lado.

—Deberíamos salir pronto mañana por la mañana, y pareces cansada, *signorina* Leighton —murmuró él—.

Como prometido tuyo que no quiere verte exhausta, sugiero que es mi deber llevarte a la cama.

—Creo que es una muy buena idea —dijo ella.

Partieron para Roma a la mañana siguiente, recorriendo en barco la pequeña distancia que separaba la isla de tierra firme y luego tomando el jet privado para recorrer los trescientos cincuenta kilómetros restantes.

—¿Te quedarás con nosotros, Caroline? —preguntó Lidia cuando comenzaron a descender sobre Roma—. Tendrías tu propia suite y toda la privacidad que quisieras.

—Gracias, pero creo que sería más conveniente para todos si me alojara en un hotel —contestó Callie, que ya había hablado del tema con Paolo la noche anterior.

—Entonces te quedarás conmigo en mi apartamento —había dicho Paolo cuando ella le había admitido que no le apetecía estar bajo la atenta vigilancia de Salvatore las veinticuatro horas del día.

Pero, por muy tentador que sonara, había declinado la oferta de Paolo.

—Tu padre ya tiene suficientes reservas sobre mí sin que tengas que agravar la situación conviviendo conmigo sin estar casados —había dicho Callie.

—Entonces —había accedido Paolo—, dado que pienso pasar todas las noches contigo igualmente, reservaré una habitación para ti en un hotel lo suficientemente cerca de mi casa. Ambos somos adultos, Caroline, y lo que hagamos en nuestra privacidad no le interesa a nadie.

—Caroline tiene razón, mamá —comenzó Paolo en el avión—. Vamos a tener que hacer muchas cosas antes de la boda. Tiene más sentido que ella pueda entrar y salir sin molestaros.

—Pero aun así seguirás viéndome, Lidia. Cuento con tu ayuda para la boda —añadió Callie rápidamente.

–Ya sabes que me encantará hacer todo lo posible. ¿Habéis decidido ya dónde queréis casaros?

–En un hotel, probablemente –dijo Paolo encogiéndose de hombros.

Al ver la desilusión en la cara de Lidia, Callie dijo:

–Si a ti te da igual, Paolo, creo que a mí me gustaría casarme en la casa de tus padres, aquí, en Roma.

–¿En serio? –preguntó Paolo arqueando las cejas.

–Bueno, es muy bonita y lo suficientemente grande para lo que tenemos en mente. Creo que podríamos celebrar una boda muy bonita ahí –dijo ella, y miró a los padres de Paolo–. Si a vosotros no os importa, por supuesto.

–Mi familia siempre es bien recibida en mi casa –dijo Salvatore–. Será un honor celebrar vuestra boda.

–¡Oh, Caroline, nos encantaría! –exclamó Lidia entusiasmada–. Tienes que venir lo antes posible para decirme cómo quieres que se prepare todo. En el salón caben fácilmente cuarenta invitados y, si el tiempo es bueno, como suele serlo en esta época del año, podemos abrir las puertas del jardín del tejado. Quizá incluso celebrar la ceremonia allí. Dime dónde te hospedarás para que pueda ponerme en contacto.

–La he registrado en el Hassler –dijo Paolo.

–Perfecto –dijo Lidia complacida–. Te encantará ese lugar, Caroline. Está en el corazón de la ciudad, en lo alto de la plaza de España.

Aterrizaron poco después y, en cuanto el jet se detuvo sobre la pista de aterrizaje, comenzó la carrera a contra reloj.

Capítulo 9

Q UÉ TE parece? –preguntó Callie dándose la vuelta sobre la tarima de la pequeña boutique para que Lidia contemplase la última de las tres posibles opciones a vestido de boda, una exquisita prenda de gasa de seda color marfil.

–Todos son preciosos –suspiró Lidia–. No podría elegir sólo uno. Si dependiera de mí, me llevaría los tres.

–¡Así no me ayudas! –dijo Callie riéndose–. Necesito opiniones.

–Creo que me gusta más el azul –dijo Gina–. Ése te queda precioso, tía Caroline. Pareces una princesa.

La diseñadora, Serena, inclinó la cabeza hacia un lado y observó a Callie como si fuera un raro espécimen en una urna.

–Es su boda, *signorina*, y un día para recordar. Si no puede decidirse entre estos tres, ¿por qué no elegir el vestido blanco en el que se fijó antes? Tiene una elegancia clásica, y con un sombrero, o quizá un velo…

–Oh, nada de sombreros ni velos –protestó Callie–. Vamos a tener una ceremonia pequeña y sencilla.

–Eso no existe –dijo Serena con una sonrisa–. Pequeña sí, pero simple, nunca. En cualquier caso, no se viste usted para los invitados, sino para el novio. Tendrá que estar espectacular, para que, cuando sean abuelos, él la mire y no la vea con sesenta años y el pelo gris, sino que vea a la novia de años atrás.

Callie se preguntaba si algún día Paolo la vería de una manera tan romántica o si, por el contrario, ella siempre sería la otra parte de una ecuación creada por el bien de los niños. Porque, aunque actuara como si la quisiera, en ningún momento había pronunciado las palabras.

Claro que, ella tampoco. De hecho, no podía, no todavía. Tenía miedo de que pareciese que estaba tratando de comprar su perdón.

Había esperado poder decirle la verdad, pero no se había presentado la ocasión adecuada. Los días se pasaban volando con todo el ajetreo de la boda, y las noches… ¿cómo podría estropear sus noches, cuando yacía desnuda en sus brazos? ¿Cómo sobrevivir a la agonía si él decidía apartarla de su lado y la dejaba durmiendo sola?

Volvió a mirarse en el espejo. Efectivamente aquél era el más espectacular de los tres vestidos finalistas, pero, aunque normalmente no era supersticiosa, recordó que había llevado un vestido de gasa de seda en la boda de Vanessa, y no había resultado ser una elección afortunada. Paolo se había cansado de ella a las pocas horas, y no estaba dispuesta a arriesgarse a que le ocurriera lo mismo el día de su boda.

–La *signora* Rainero tiene razón –dijo la diseñadora–. Los tres vestidos le quedarían bien a una mujer con su figura, pero con su pelo rubio y sus ojos azules, el borgoña de terciopelo daría un efecto más dramático.

–Para la ópera o el teatro, quizá –dijo Callie dirigiéndole una sonrisa a su hija–. Pero para mi boda me inclino más hacia lo que ha dicho Gina. Me gustaría probarme de nuevo el azul.

El vestido en cuestión era más bien color lavanda, y pasaba de color lila a plateado según la luz. Unas pequeñas cuentas de cristal adornaban el corpiño y las mangas cortas.

Gina tenía razón. Puede que Callie no fuese una princesa, pero con ese vestido, lo parecía.

—Sí —decidió. Aquélla era la mejor elección.

—Una excelente decisión —dijo Serena—. Ahora, si elige un par de zapatos de satén de estos que están es exposición, mi ayudante le tomará el bajo para que no tropiece antes de llegar hasta el novio. Después enviaré los zapatos para que los tiñan del color del vestido y me aseguraré de que todo esté listo para enviárselo al hotel mañana por la tarde.

—Sé que vas a quedar con Paolo para comer y me gustaría comprarle a Gina el vestido antes —dijo Lidia cuando salieron de la boutique a la elegante Via Condotti—, pero creo que antes podemos hacer una parada. Parece que necesites descansar.

—Lo encuentro todo un poco agobiante —confesó Callie. Después de la tranquilidad de la isla, el ritmo frenético de Roma era todo un cambio.

—Entonces necesitas una buena taza de café, y conozco el lugar adecuado. Está a cinco minutos andando. Después de eso, haré que mi chofer nos lleve a *Bonpoint*, que tiene una estupenda línea de ropa para niños. Seguro que allí encontramos algo para Gina.

—Gracias, Lidia —dijo Callie minutos después frente a un capuchino—. Nunca habría podido hacer esto sin ti. No habría tenido ni idea de dónde comprar, por no hablar de moverme por la ciudad.

—Pero me tienes a mí, y no sólo para ayudarte a preparar la boda. No olvides nunca que estoy sólo a una llamada de teléfono, a cualquier hora en que me necesites.

—Entonces deja que te pregunte una cosa —dijo Callie—. ¿Cuándo es el mejor momento para revelar la verdad sobre el pasado al hombre con el que una se va a casar? ¿Antes o después de la boda?

—Supongo que depende del tipo de secreto —dijo Lidia—. No estoy segura de que la confesión sea necesariamente buena para ninguna de las partes. Así que deja que te conteste con otra pregunta. ¿Quieres a mi hijo, Caroline?

–Sí –dijo ella–. Con todo mi corazón.

–Entonces piensa en esto. Todos albergamos secretos, y algunos es mejor que no se sepan nunca, sobre todo si el decirlos no causaría más que dolor. El pasado es el pasado, y nada cambiará eso. Si sirve de algo, mi consejo es que te concentres en el presente, y en el mañana. En la vida que llevarás con Paolo y los niños. Ellos son lo que importa ahora. Paolo y tú habéis acordado casaros con mucha rapidez. Todo es nuevo entre vosotros. Quizá cuando todo esté más asentado sea el momento de compartir tus secretos más profundos.

–¿De qué estás hablando, abuela? –preguntó Gina.

–De que tienes que ser una buena chica y terminarte el batido para que podamos ir a comprarte un vestido muy bonito. Date prisa o nos quedaremos sin tiempo.

Encontraron justo lo que estaban buscando en *Bonpoint*, una de las tiendas de ropa para niños más exclusivas de Roma. Cuando el vestido estuvo metido en la caja, Callie se dio cuenta de que llegaba tarde a su comida con Paolo.

–Mi chofer te llevará –dijo Lidia mientras la guiaba hasta la limusina que las esperaba en la calle–. Paolo no tendrá que esperar más que unos minutos. Lo justo para llegar tarde pero con elegancia, querida.

Paolo la vio en cuanto el coche aparcó frente al restaurante y ella salió, sonrojada, sin aliento y preciosa.

–Tú no eras la única que estaba comprando –dijo él cuando Callie se hubo sentado frente a él en la mesa–. Pero llegas tarde, *cara mia*, lo que me hace pensar que debería haberte comprado un reloj, en vez de esto.

Callie se quedó con la boca abierta al ver el anillo de platino que llevaba en una pequeña caja de terciopelo.

—¡Paolo, es… es!

—Un anillo de compromiso —dijo él encogiéndose de hombros—. Pensé que ya era hora de que tuvieras uno. ¿Servirá?

—¿Servir?

—Es un diamante muy bueno, Caroline.

—¡No es un diamante, es un huevo de paloma!

—Sólo tiene tres quilates. No es muy grande.

—¿Comparado con qué? ¿Con el diamante de la esperanza?

—El diamante de la esperanza tiene más de cuarenta y cinco quilates, además de un corte diferente. ¿Por qué no comprobamos cómo te queda?

Le quedaba perfecto, como sabía que sería. Había «tomado prestado» un anillo que a veces usaba ella y lo había llevado consigo mientras buscaba el anillo de compromiso.

—¿Qué tal? —preguntó.

—¡Perfecto! —exclamó ella apenas sin aliento—. Es como si formara parte de mi dedo.

—Así es, tesoro.

—Pero demasiado extravagante para la ocasión, Paolo.

—¿Y eso?

—Bueno, nosotros no somos exactamente… como las demás parejas que se comprometen.

«¿Quieres decir que no estamos enamorados?», pensó él. «Habla por ti, cariño. Si pensara que estás lista para escucharlo, gritaría a los cuatro vientos lo mucho que te quiero».

—No hagas un problema donde no lo hay, Caroline. Es un capricho, nada más. Uno que puedo permitirme.

—Pero no tienes por qué comprarme —dijo ella—. Me

he metido en esto con los ojos bien abiertos. Sé que no es por las razones normales.

–Lo que debería haber dicho –añadió Paolo tras besarle la mano–, es que es un capricho que puedo permitirme y que tú te mereces. Puede que la nuestra no sea una boda convencional, ¿pero dónde está escrito que sólo las bodas convencionales merecen reconocimiento?

–No lo sé.

–Ahí lo tienes. Nos vamos inventando las reglas sobre la marcha. Y una de las reglas es que haya un anillo. Eres una mujer muy hermosa, lo sabes, y los italianos somos famosos por encontrar irresistibles a las mujeres hermosas.

–El mundo está lleno de mujeres que darían lo que fuera por un hombre tan guapo como tú, así que aquí viene otra regla. Si yo llevo anillo, tú también. Una alianza, claro.

–Por supuesto. Es bueno preservar algunas tradiciones. ¿Le pido al orfebre que diseñe una alianza para mí que pegue con la que le he encargado para ti?

–No –dijo ella–. Lo que puedes hacer es darme el nombre de ese hombre y yo hablaré con él. Regla número tres: tú no tienes que pagar por tu propio anillo.

En ese momento llegó la comida, y la conversación se desvió hacia otros temas.

–¿Has encontrado un vestido de boda? –preguntó él.

–Al final sí. Y uno para Gina también. Y creo que tu madre se va a comprar el suyo esta tarde.

–Entonces todo va según lo previsto. Mañana tus amigos volarán desde Amalfi y nos ocuparemos del papeleo para conseguir la licencia. Y esta tarde…

–¿Tenemos planes para esta tarde? –preguntó ella apartando la mirada de su ensalada de langostinos.

–¡Claro que sí! Mientras tú estabas ocupada comprando ropa…

–¿Tú estabas ocupado comprando joyas?

–Entre otras cosas. También estuve mirando algunas casas que parecían interesantes. He señalado un par de ellas para que las veas –dijo él, apartó el plato y miró su reloj–. Si has terminado, tenemos tiempo de tomarnos el café antes de dirigirnos a nuestro primer destino.

–¿Está muy lejos de aquí?

–A una media hora de camino en coche hacia el norte, en Manziana, que está cerca de donde vivían Vanessa y Ermanno.

–He estado pensando en eso –dijo ella–. ¿No sería mejor si viviéramos en su casa?

–Creo, a juzgar por algo que dijo una vez mi hermano, que según el testamento, la casa será vendida y los beneficios serán para los niños.

–También estaba pensando en eso. ¿Cuándo crees que se leerán los testamentos?

–Cuando sea conveniente. Nuestros abogados ya se han puesto en contacto con nosotros para fijar la fecha, pero, dado que no hay prisa y tú y yo tenemos tantas cosas que hacer, les he dicho que ya hablaremos después de la boda.

–Yo habría pensado que era mejor acabar con el asunto ahora. Poner fin al pasado antes de comenzar con el futuro.

–Los niños son los únicos beneficiarios, Caroline, y deben estar presentes durante la lectura. Pero ambos sabemos que siguen pensando en sus padres y ahora mismo están muy excitados con la boda. ¿Por qué estropearlo recordándoles su pérdida? ¿He hecho mal en tomar la decisión sin consultarte?

–Oh, no es eso, Paolo. ¿Pero no podríamos ser nosotros los que compráramos la casa? Sería mucho más fácil para los niños volver a su casa.

–¿Sin sus padres? –dijo él–. Piensa en ello, Caroline. Estaríamos imponiendo nuestras expectativas, nuestros cambios. ¿Es eso justo para los niños?

–¡Hablas como si fuésemos a tratarlos como a extraños!

–Más bien seremos nosotros los extraños. Ya puedo imaginarme a los niños diciendo: «Mamá no guardaba mi ropa interior en ese cajón, tía Caroline. Has quitado la foto favorita de papá del escritorio, tío Paolo».

–Entiendo lo que quieres decir. Quizá sea mejor que empecemos en un lugar que no albergue recuerdos.

–Bueno, algunos recuerdos se vendrán con nosotros, por supuesto, y así debería ser. Pero será nuestra casa, donde haremos las cosas a nuestra manera y estableceremos nuestras tradiciones.

–Supongo que tienes razón.

–¡Siempre llevo razón! –dijo él, y se rió al ver la expresión de su cara.

–Veo que vamos a tener que aprender a comprometernos –dijo ella.

–Supongo. Pero sabes que nosotros nos casamos por algo más que los niños. Se trata de empezar una nueva vida juntos como marido y mujer. Lo cual me recuerda otra cosa. Ermanno y Vanessa eligieron una casa lo suficientemente grande para cuatro y para un par de personas del servicio. Espero que, cuando los gemelos se hayan acostumbrado a vivir con nosotros, aumentemos la familia.

–Pensé que no querías tener un bebé.

–No enseguida, pero… –comenzó Paolo, pero se detuvo como si se le hubiera ocurrido algo de pronto–. ¿O estás tratando de decirme que con nuestro encuentro en la playa te has quedado embarazada?

–No –dijo ella–. Sé positivamente que no lo estoy.

–Entonces no hay problema. Esperaremos a que sea el momento adecuado, ¿de acuerdo?

–Si tú lo dices, *signor*.

–Digo que nos vayamos de aquí antes de que pierda el control y te arrastre bajo la mesa para hacerte el amor —contestó él—. Eso llevaría algún tiempo, y quiero que veas esas casas mientras haya luz.

Callie descubrió que Manziana estaba cerca del lago Bracciano, rodeada de verdes colinas. Y las casas que Paolo había seleccionado eran mansiones, palacios. Algo más allá de lo que jamás hubiera imaginado.

La primera, Villa Santa Francesca, era un edificio rectangular rodeado de varios acres de tierra, tenía dos pisos y una suite central que daba directamente a la terraza. Tenía también una pequeña capilla y cementerio privado.

Eso fue lo que hizo que Caroline se decidiera por la segunda. Los niños no necesitaban la presencia de tumbas que les recordaran constantemente su pérdida.

Il Paradiso Villa estaba a la orilla del lago, y tenía unas vistas maravillosas de las colinas a lo lejos y del *duomo* de San Pedro.

Había establos y una piscina. Una cancha de tenis y un pequeño campo de golf. Tenía una pequeña casa adyacente que había sido convertida en un garaje con capacidad para cinco coches y sobre el cual había un apartamento para el personal.

Dentro de la casa, la cocina disponía de todas las modernidades posibles y de una enorme chimenea de piedra. Había una mesa de billar en la sala de juegos y frescos del siglo diecisiete que adornaban los techos.

Las escaleras daban al piso de arriba, que albergaba seis habitaciones con sus respectivos baños, así como un dormitorio para la niñera. Una pequeña escalera al final de la primera daba acceso al tercer piso donde, además de un ático, había dos habitaciones más para asistentas internas.

—¿Qué te parece? —preguntó Paolo tras reunirse con ella en la suite principal después de haber visto toda la casa.

–Es increíble –dijo ella–. Esta casa fue construida con amor y con muy buen gusto.

–Ha sufrido algunos cambios. Las tuberías son prácticamente nuevas, al igual que el sistema eléctrico.

–Pero no ha perdido nada de su integridad. Quien fuera que se ocupó de la restauración, lo hizo respetando el diseño original. Es una obra maestra, Paolo. Desprende un calor que no puedo describir y que hace que una se sienta bienvenida en cuanto entra.

–¿Estás diciendo que te ves a ti misma viviendo aquí?

–Sí –contestó ella cerrando los ojos.

–Eso imaginaba –dijo él agarrándola por la cintura–. También es elección mía. La de la agencia está esperando abajo. ¿Qué te parece si vamos y le hacemos una oferta?

–¿Una que no pueda rechazar?

–¿Es que acaso puede ser de otra manera? –preguntó él antes de besarla.

Una hora y dos llamadas de teléfono después regresaron a la ciudad con un contrato firmado.

Y así poco a poco, día tras día, las cosas fueron encajando en su sitio.

Decidieron que tendrían una ceremonia a la luz de las velas bajo la marquesina de la terraza de los Rainero, seguida de un cóctel. Un arpista tocaría selecciones de Purcell, Vivaldi, Beethoven y Pachebel. Después, una luna de miel de cuatro días en Venecia, durante la cual los niños se quedarían con sus abuelos.

Serena tenía razón. A medida que iban pasando los días, a Callie se le iba yendo la boda de las manos, convirtiéndose en un gran acontecimiento. Mucho más grande de lo que había imaginado inicialmente.

Los días se sucedían a toda velocidad. Días en los que Paolo estaba muy ocupado para hacerle compañía. Pero estaban los niños, en cuyos ojos la pena era cada vez menos evidente.

—Te quiero, tía Caroline —dijo Gina—. Me recuerdas a mamá.

—Me alegro de que vayamos a vivir contigo y con el tío Paolo —dijo Clemente con solemnidad—. No será exactamente lo mismo, pero seréis más o menos como nuestros padres, ¿verdad?

Callie pensaba que era todo demasiado bueno para ser cierto mientras el tiempo se iba agotando, hasta que quedaron sólo dos días para convertirse en la señora de Paolo Rainero.

Tenía razón.

Era demasiado bueno para ser cierto.

Capítulo 10

TODO se fue al traste la víspera de la boda.

Callie había accedido pasar su última noche de soltera con los Rainero porque, según su suegra, ninguna novia podía despertarse sola en una habitación de hotel el día de su boda.

Como consecuencia, Lidia había llegado al hotel aquella tarde para ayudarle a hacer las maletas y luego habían regresado en limusina al apartamento.

Paolo había estado liado en su oficina el día entero, asegurándose de que todo estaría bajo control en su ausencia, pero planeaba unirse a Callie y a sus padres para cenar aquella noche. Aún no había aparecido cuando Callie y Lidia llegaron, poco después de las cinco, pero debía de haber llegado cuando, a las siete, Callie bajó a tomar el cóctel de antes de la cena, tras haberse duchado y puesto un vestido negro de noche.

La puerta de la biblioteca estaba entreabierta y Paolo y su padre estaban conversando tranquilamente. Callie estaba a punto de anunciar su llegada cuando un retazo de la conversación captó su atención.

–¿Crees que ésta es la única manera? –preguntó Salvatore.

–Sin duda –contestó Paolo–. Mi política siempre ha sido «conoce a tus enemigos y mantenlos cerca para tener el control». Un hombre no puede pelear si se niega a afrontar los hechos, padre. Tiene que reconocer aquello a lo que se enfrenta.

–¿Qué crees que hará cuando se entere?

—Se enfrentará a la situación porque no le queda otra opción.

—¿Y si no puede hacerse cargo?

—Puede y lo hará —dijo Paolo mientras le entregaba a su padre su vaso de vermouth—. Tú no te dejas engañar por las apariencias. Bajo esa fachada frágil hay un corazón de leona. Pensé que ya te habrías dado cuenta de eso.

—¿Cómo puede un hombre saber lo que pasa realmente por la cabeza de una mujer? —preguntó Salvatore sentándose en su sillón favorito—. Diablos, la mitad del tiempo ni siquiera puedo adivinar lo que piensas tú, que eres de mi propia sangre.

—No me digas que sigues pensando que cometí un error al pedirle a Caroline que se casara conmigo.

—No. Tu error es la prisa. Si me lo hubieras preguntado antes de declararte, te habría recomendado que lo pensaras y lo meditaras antes de dar el paso.

—Mamá piensa que es el movimiento más inteligente que jamás he dado.

—Como ya he dicho, no comprendo lo que mueve a las mujeres. ¿Pero por qué malgastar el aliento? Ya te has decidido y yo no puedo cambiar nada a estas alturas, así que volvamos a lo que estábamos hablando hace un momento. Aún sigo pensando que debería ocuparme del asunto y mandar llamar a mis abogados. Podrían estar aquí en pocos minutos y todo estaría arreglado antes de que se anunciara la cena y, ya de paso, se leerían los testamentos de Ermanno y Vanessa.

—No —dijo Paolo negando con la cabeza—. Tú haz lo que creas que debes hacer para estar tranquilo, pero los testamentos esperarán a después de la luna de miel. Aunque tampoco es que contengan ninguna sorpresa. Ambos sabemos qué esperar. Pero estoy así de cerca de conseguir lo que estaba esperando, y no estoy dispuesto a arriesgarme ahora, cuando sólo faltan unas horas para mi boda.

De pronto Callie sintió que se iba a caer al suelo, así que se alejó de la puerta y se sentó en una silla cercana.

¿A qué asunto se refería Salvatore? ¿Por qué leer los testamentos supondría un riesgo? ¿Por qué Paolo la había mentido diciendo que era mejor para los niños esperar a leer los testamentos cuando los motivos parecían tener que ver más con ella? Y sobre todo, ¿qué diablos había querido decir con conocer al enemigo y mantenerlo cerca?

De pronto encontró la respuesta a todas esas preguntas y sintió cómo su felicidad se desvanecía como el humo.

Probablemente Paolo hubiera sabido desde el principio que ella era la única tutora de los niños. No era tan sorprendente. En algún momento a lo largo de los años Ermanno lo habría mencionado, suponiendo que aquello no pasaría nunca. Pero desafortunadamente había ocurrido y, retrasando la lectura del testamento hasta después de la boda, Paolo podría fingir no saber nada.

«Oh, Paolo», pensó. «¿No sabes que no necesitabas haber llegado hasta este punto? Quiero a esos niños más de lo que puedas imaginar como para poner sus vidas patas arriba. No había necesidad de seducirme para que cooperara. No había necesidad de hacer que volviera a enamorarme de ti. Habrías podido salirte con la tuya sin recurrir a los trucos y a las mentiras».

–¿Caroline? ¿Qué haces aquí sentada, tesoro? ¿No te encuentras bien? –preguntó Paolo al encontrarla allí.

–No –murmuró ella tratando de contener las lágrimas. No iba a llorar delante de él. No le dejaría ver lo dolida que estaba–. Me siento asqueada gracias a ti y a tu padre.

–¿De qué diablos estás hablando? –preguntó él obligándola a levantarse y llevándola hacia la biblioteca.

—¡Como si no lo supieras! —exclamó ella—. La próxima vez que urdas un plan, asegúrate primero de cerrar la puerta para evitar que tu víctima se entere.

—¿Victima? No lo comprendo.

—Obviamente estaba espiando —dijo Salvatore—. En mi opinión, ése no es un rasgo muy admirable en una esposa.

—No te he preguntado —dijo Paolo mirando a su padre desafiante antes de centrarse de nuevo en Callie—. No tengo ni idea de qué crees haber oído, *cara*, pero…

—Lo suficiente para saber que ésta ha sido la última vez que me tomas por tonta —dijo ella, se quitó el anillo de compromiso y lo dejó sobre la mesa de la biblioteca—. Dado que no va a haber boda, ya no necesitaré esto.

—¡No seas ridícula! ¡Por supuesto que va a haber boda!

—Déjala ir, si es lo que quiere —dijo su padre con impaciencia—. No la necesitas, Paolo. Nunca la has necesitado.

—De hecho sí me necesitaba, y me necesita —contestó Callie—. Pero lo que ninguno de los dos parece entender es que yo no lo necesito a él.

—Yo tenía la impresión de que nos necesitábamos el uno al otro —dijo Paolo—. ¿Cuándo ha cambiado eso, Caroline?

—Hace unos cinco minutos, cuando he descubierto que no soy más que el medio para conseguir un fin. Lo único que te importa es controlar el futuro de los niños y para hacer eso tienes que pasar por mí. Es una pena que no esté dispuesta a dejar que me utilices de ese modo.

—¿Por qué no dejas de andarte por las ramas y hablas sin rodeos, mujer? —preguntó Paolo—. No tiene ningún sentido lo que dices.

¿Mujer?

—Dios, Paolo, ¿qué ha sido de lo de tesoro?

–¿Y qué ha sido de la Caroline que creía conocer? –contestó él.

–Pues que sumó dos más dos y obtuvo cuatro. No sé cómo pero descubriste que yo tenía la custodia absoluta de los niños. Eso significa que yo decido con quién viven ahora. Si así lo decido, puedo hacer que vengan conmigo a Estados Unidos y no hay nada que puedas hacer para detenerme. ¿Así que cómo impides que eso suceda? Pidiéndome que me case contigo, cosa que jamás hubieras contemplado de no ser porque era tu única opción –hizo una pausa para tomar aliento–. Lo que realmente me pone enferma, Paolo, es que ni siquiera tenías que llegar tan lejos para salirte con la tuya. Admito que cuando llegué aquí, mi intención era hacer uso de mis derechos legales, pero pronto me di cuenta de que los únicos derechos que importaban eran los de los niños. Estaba dispuesta a dejar a los gemelos aquí, con la gente a la que más quieren, y conformarme con ser una tía que los quiere lo suficiente como para anteponer sus sentimientos a los de ella misma.

–Paolo, Caroline, ¿qué sucede?

Ante la intervención de una cuarta persona, los tres se giraron hacia la puerta y vieron que se trataba de Lidia.

–Vuestros gritos han llegado hasta el piso de arriba y temo que los niños puedan oírlos. ¿He entendido bien al oír que la boda no va a celebrarse?

–Eso es –dijo Callie–. Parece que he estado viviendo en un paraíso inventado, Lidia. Yo he sabido desde el principio que el nuestro era un matrimonio de conveniencia, pero ha sido hace unos minutos cuando me he dado cuenta de que el hombre con el que iba a casarme me considera su enemiga.

–¿De qué diablos estás hablando, Caroline? –preguntó Paolo.

–Te estoy citando, nada más.

—Entonces es que has perdido la cabeza —declaró él secamente—. Nunca me he referido a ti como mi enemiga.

—¡Oh, por favor! —exclamó ella asqueada— Puede que mi italiano no sea perfecto, pero es más que aceptable para entender cada palabra de las que le has dicho a tu padre. Conoce a tus enemigos. Un hombre tiene que saber a lo que se enfrenta.

—¿Qué te hace suponer que me refería a ti?

—Todo lo que has dicho. Sobre todo la parte de que no piensas perder lo que tanto te ha costado conseguir. ¿Cómo ha sido exactamente? Ah, sí —comenzó a imitar su voz—. Algo así como: «La lectura de los testamentos puede esperar. No pienso arriesgarlo todo cuando faltan unas pocas horas para mi boda».

—¿Has dicho eso, Paolo? —preguntó Lidia.

—Eso y mucho más —dijo Callie—. Entre otras cosas, que tú piensas que es el movimiento más inteligente que ha hecho jamás. Qué tonta he sido, Lidia, por pensar que estabas de mi parte.

—¡Caroline, cariño…! —dijo Lidia caminando hacia ella con los brazos abiertos.

—¡No, por favor! —exclamó Caroline apartándose—. Se acabó.

—No se acabó —contestó Paolo—. Continuaremos esta discusión en privado. No arrastrarás a mi madre contigo, ni a mi padre. Esto es entre tú y yo, Caroline, y nadie más.

—No hay nada que discutir, Paolo. Ya estoy decidida.

—Yo también estoy decidido —le informó dando un paso al frente—. Acordamos casarnos por el bien de los niños y, sin importar lo que tú creas saber o no, no permitiré que rompas tu promesa a estas alturas.

—No tienes elección —contestó ella—. No vivimos en la Edad Media. No puedes obligarme a casarme contigo.

—No, no puedo —convino él—. Y si de repente la idea te parece tan horrorosa, entonces saldré de tu vida. Sin embargo, deberías saber que esos derechos legales de los que hablas no son tan directos como crees.

—No trates de intimidarme a estas alturas del juego, Paolo. Mantengo mi palabra de que no me llevaré a los niños conmigo, pero eso no significa que no vaya a decidir nada sobre su futuro. Tendrás que darme cuenta de las decisiones que tomes y que les afecten. Incluso en Italia, un testamento es un testamento.

—Precisamente, Caroline. Y los testamentos que redactaron tu hermana y mi hermano hace un año nos declaran la custodia compartida de los niños, algo que, como albacea junto con mi padre, puedo asegurarte sin duda alguna. Y dado que has admitido que éste es el hogar de los niños…

—¡No te creo!

—Es cierto, Caroline —dijo Lidia.

—Ahora que ya lo sabes todo —continuó Paolo—, puede que quieras reconsiderar tu posición, Caroline, porque, como ves, no tengo porqué casarme contigo. Te lo pedí porque pensé que sería lo mejor para los niños, para ti y para mí. Aún sigo pensando que es así. Pero te advierto que, si decides marcharte, no hay juez en Italia ni en el mundo entero que apoye tu derecho a decidir el futuro de los niños. Te ha explotado tu propio petardo en las manos, cariño. O decides seguir adelante con el matrimonio, o aceptas un papel secundario en la vida de tus sobrinos.

—¡Creo que un juez no estaría de acuerdo con eso si supiera que yo soy la verdadera madre de los niños! —exclamó Callie sin poder contenerse más.

Durante al menos diez segundos, tuvo la satisfacción de saber que los había dejado de piedra. El silencio que siguió a aquella bomba se cargó de energía, hasta que se desató el infierno.

—¡Dios! —exclamó Salvatore—. ¿Es que estás dispuesta a llegar donde sea con tal de destruir esta familia?

–Es verdad –dijo ella, dando rienda suelta a las lágrimas que había estado aguantando–. ¡Yo soy su verdadera madre!

–Es mentira, algo que te has sacado de la manga ante tu desesperación –añadió Salvatore–. ¿Cómo te atreves a venir a mi casa y decir algo así? ¿Y qué te pasa a ti, Paolo, que te quedas parado sin decir palabra? No hay más que mirar a esos niños para darse cuenta de que son de la familia. Son Rainero hasta la médula.

–Claro que lo son –dijo Callie–. ¡Se parecen a su padre!

–¿Estás diciendo que tuviste una aventura con el marido de tu hermana? –preguntó Salvatore apoyándose sobre la repisa de la chimenea para estabilizarse.

–No. Tuve una aventura de una noche con su hermano, el cual, en aquellos días, ni se preocupó de poder dejar embarazada a una virgen.

–¡Tu historia es repugnante! –exclamó Salvatore tras unos segundos de silencio–. ¿Me has oído? Repugnante.

Pero Paolo estaba de pie como si se hubiera quedado de piedra, hasta que finalmente habló.

–Así que éste es el secreto que has estado ocultando todo este tiempo. Desde el principio supe que había algo. ¿Qué esperabas conseguir esperando hasta ahora para hacer el anuncio?

–Intenté decírtelo antes. La primera noche que viniste a mi habitación comencé a decírtelo, pero no me escuchabas.

–Lo recuerdo. Pero, aun así, si lo que dices es cierto…

–¡No lo es! –explotó Salvatore dando un puñetazo sobre la repisa de la chimenea–. Su historia está llena de lagunas. Piénsalo, Paolo. ¿Por qué no iba a recurrir a ti si estaba embarazada en vez de hacer creer que los niños eran de su hermana? ¿Por qué no darte la oportunidad de hacer algo bueno por ella? ¿Y qué iba a haberle hecho a Ermanno para que fuera capaz de ocultarte un secreto semejante?

–¡Nada! ¡No hice nada! –protestó Callie, furiosa ante la acusación–. No hubo necesidad. Ermanno estaba furioso con Paolo. Estaba tan asqueado con él como vosotros conmigo.

–¿Entonces por qué no se enfrentó mi hermano conmigo? –preguntó Paolo.

–Quería hacerlo. Estaba dispuesto a obligarte a casarte conmigo.

–¡Ahora dirás que le quitaste la idea de la cabeza! –dijo Salvatore.

–De hecho, señor Rainero, eso es exactamente lo que hice. No tenía ningún interés en casarme con un hombre que tendría que ir al altar mientras lo apuntaban con una pistola.

–Un detalle muy noble, querida, pero difícilmente creíble –dijo Salvatore.

–Es lo suficientemente creíble –dijo Paolo–. Sobre todo si tenemos en cuenta cómo el hecho de tener hijos habría acabado con la carrera de Caroline. Así que eligió el camino fácil y dio a sus bebés. Supongo que debemos estarle agradecidos por no habérselos dado a unos desconocidos.

–Fue porque Vanessa y Ermanno insistieron en adoptarlos. Al principio me resistí. Si me hubiera salido con la mía, me habría quedado con mis hijos. Renunciar a ellos ha sido lo más difícil que he hecho en mi vida.

–¡Pero consiguieron convencerte de todos modos! –exclamó Salvatore sarcásticamente–. ¿Dime, cuánto tuvieron que pagarte?

–Ya es suficiente, padre. Déjala terminar. Prosigue, Caroline. Aceptaste su sugerencia porque...

–Porque apenas tenía diecinueve años, estaba sola y

era demasiado joven como para ser madre soltera. Porque Ermanno sabía que vuestro padre quedaría humillado por los actos de su hijo favorito y vuestra madre habría quedado destrozada. Pero sobre todo porque tú no estabas hecho para ser marido ni padre. Incluso tu hermano, que te quería tanto, admitió que no eras más que un playboy y que lo último que necesitaba era encontrarme casada con un hombre incapaz de serme fiel. Así que hicimos lo mejor para los niños.

–Y, casualmente, lo que era menor para ti. Pudiste perseguir tus sueños sin culpa ni responsabilidades.

–Oh, claro que sentí culpa, Paolo, y más dolor del que puedas imaginar. Por un error, mi vida entera cambió. No fui a Smith. No. Tuve que irme a estudiar a California, donde nadie me conocía, y trabajar de camarera para poder pagar el alquiler de mi habitación, donde viví hasta que di a luz.

–No tenías necesidad de pasar penurias económicas, Yo nunca te habría negado un lugar decente donde vivir.

–Mi orgullo ya había sufrido bastante, Paolo. No estaba dispuesta a aceptar limosnas de ti ni de nadie. Ni de Vanessa y Ermanno, aunque trataron de ayudarme. Pero ya habían hecho suficiente ofreciéndose a adoptar a los niños. Así que puse el dinero que me dieron en una cuenta para mis hijos. Recibirán una cuantiosa suma cuando cumplan los dieciocho.

–Una historia muy conmovedora, claro –dijo Salvatore.

–Y completamente cierta.

–Si tú lo dices.

–¿Queréis ver el extracto de la cuenta?

–No. Yo he visto algo mucho más revelador. He visto el certificado de nacimiento de los niños, donde dice que Ermanno y Vanessa son los padres biológicos.

–Esos certificados se redactaron después de la adopción, como requería la ley. Pero tengo una copia de los papeles oficiales, los cuales tuve que firmar para que la adopción fuese legal. Si eso no es suficiente para convencerle, señor Rainero, entonces lleve a cabo una prueba de ADN aquí, en Roma, dado que tiene tan mala opinión de todo lo que venga de Estados Unidos.

—Con mucho gusto. Me ocuparé de ello mañana por la mañana.

—No es necesario —dijo Paolo, que se había colocado frente a la chimenea y estaba dándoles la espalda—. Creo lo que ella dice, y ahora me enfrentaré a ello, y a ella.

Según terminó de hablar, se oyeron las voces excitadas de Gina y Clemente bajar por las escaleras, seguidas un segundo después por el sonido de sus pisadas.

—Mis hijos no tienen por qué presenciar esto —dijo él estirándose y dándose la vuelta para encarar a sus padres—. Mantenedlos ocupados y lejos de aquí hasta que haya terminado.

—Por supuesto —dijo Lidia—. Vamos, Salvatore. Ya no pintas nada aquí.

Por una vez, Salvatore no discutió, y simplemente siguió a su mujer fuera de la habitación.

—¿Qué quieres decir con enfrentarte a mí? —preguntó Callie cuando se quedaron solos—. ¿Qué tienes en la cabeza exactamente, Paolo?

Capítulo 11

SI PROCLAMARSE vencedor era lo que quería, Paolo sabía que lo había conseguido. Caroline estaba de pie frente a él, blanca como la leche, con los ojos llorosos y la boca temblorosa.

Pero la única victoria que había querido conseguir era ganarse su confianza con la esperanza de que, con el tiempo, pudiera ganar también su amor. Descubrir los niveles de mentira que podía alcanzar le demostró el poco éxito que había tenido.

Pero a pesar de todo lo que había hecho, una parte de él quería tomarla entre sus brazos y consolarla, aunque la traición era demasiado fuerte. No era una situación que pudiera resolverse con un beso.

—¿Por qué no te sientas? —preguntó él—. Esto podría llevar un rato.

—No veo por qué —contestó ella mientras se sentaba en la silla—. ¿Qué queda por decir? ¿Que estás asqueado por mi comportamiento? ¿Furioso? Ahórrate el esfuerzo; Paolo. Lo que sientes por mí lo llevas escrito en la cara.

—Puede que te sorprenda, pero no eres en lo que primero pienso en estos momentos. Estoy más preocupado por los niños, Caroline, sobre cómo y cuando decirles que somos sus padres y cómo se tomarán la noticia.

—Quizá no deberíamos decírselo —dijo ella—. Quizá sea mejor mantener el secreto y dejar que sigan pensando que Vanessa y Ermanno eran sus padres.

—Incluso los secretos mejor guardados acaban saliendo a la luz. Por ejemplo, lo que hasta esta noche sabíais sólo tú, tu hermana y mi hermano ya lo saben tres personas más. Existe la posibilidad de que algún día nuestros hijos se enteren. Y aunque no se enteraran, no estoy dispuesto a seguir con esta mentira. Tienen derecho a saberlo.

—Entonces cuando se lo diga, les explicaré que fue culpa mía, que fui yo la que decidió ocultarlo.

—¿Cuando se lo digas? Oh, no, Caroline. No es así como funciona. Se lo decimos juntos. Y se lo decimos todo, incluyendo cómo llegaron a parar a manos de tu hermana y por qué.

—Si hacemos eso, pueden acabar odiándonos.

—Es un riesgo que estoy dispuesto a correr.

—No. Tienes mucho que perder. Ellos te adoran. Tú has formado parte de sus vidas desde el principio, mientras que yo… —hizo una pausa para controlar el llanto—. Yo aún tengo que ganarme un lugar en sus corazones. Mi traición no supondrá un daño tan duradero.

—Aún no ha llegado el día en que me esconda detrás de las faldas de una mujer —dijo él tajantemente—. No estoy orgulloso del modo en que mis hijos fueron concebidos, pero estoy muy orgulloso de ser su padre, y eso es algo que pretendo dejarles claro desde el principio.

—Entonces acabemos con esto —suspiró ella—. En cuanto vean la cara de tu madre sabrán que algo ha ocurrido. No es justo dejar que piensen que puede ser por algo que ellos hayan hecho.

—Eso pienso yo exactamente. No pueden irse a la cama pensando que mañana habrá una boda, no a no ser que ocurra un milagro y consigamos sacar algo que merezca la pena de esta debacle.

—Eso no va a ocurrir, y ambos lo sabemos. He cometido muchos errores.

—El mayor de todos fue no confiar lo suficientemente en mí.

–Quería contártelo, Paolo.

–No hablo sólo de eso. Esta misma noche me has escuchado decirle algo a mi padre que no has comprendido, pero en vez de tener fe en tu futuro marido, has elegido pensar lo peor de él.

–Lo que dijiste sonaba muy acusador.

–Estábamos hablando de la salud de mi padre. El cardiólogo le ha dicho hoy que está viviendo de prestado y que necesita urgentemente cirugía a corazón abierto. Tiene miedo, no del procedimiento como tal, sino de quedar inválido y de convertirse en una carga para mi madre. Eso es de lo que estábamos hablando, Caroline, de los «enemigos» que él preferiría ignorar pero a los que hay que enfrentarse y vencer.

–¡Lo siento mucho! –susurró Caroline–. Si lo hubiera sabido, jamás me hubiera enfrentado a él de esa manera. Le habría mostrado más compasión.

–Él no te lo agradecería. Para ser tan listo, mi padre puede ser muy obcecado a veces. Parece pensar que no hablar de un problema abiertamente disminuye su gravedad. Por eso aún no se lo ha dicho a mi madre.

–¿Y dónde encajan los abogados en todo esto? Decía que quería hablar con ellos lo antes posible.

–Tiene miedo de caer enfermo antes de poder operarse y acabar en el hospital aferrándose a la vida. Para evitar esa posibilidad, quiere redactar un testamento. En cuanto a lo de leer los testamentos de Ermanno y Vanessa, siempre ha tenido miedo de que te llevaras a los niños de aquí, y por eso pensaba que, cuanto antes descubrieras que tenías la custodia compartida, antes se vendrían abajo tus planes.

–¿Y no estabas de acuerdo con él?

–Al principio, quizá. Tú dejaste muy claras tus intenciones, y admito que pensé que podías ser una amenaza.

–Pero no hiciste nada al respecto. ¿Por qué?

–Todo el mundo estaba muy triste. Necesitábamos

recuperarnos por el bien de los niños, no meternos en una guerra para ver quién tenía el control. Luego las cosas cambiaron. Comencé a verte no como una intrusa sino como una buena mujer incapaz de hacerle daño a aquellos que quiere. Entonces la idea de casarnos cobró sentido, quizá no por los motivos habituales, pero sí por otros igual de buenos.

—Y ninguno de ellos tenía que ver con los testamentos.

—Cierto. Pero estábamos en la isla y los abogados en la ciudad. De pronto ya no importaba quién tuviera la custodia. Había asuntos más importantes. Había que preparar una boda, una nueva vida que planear, un futuro que construir. Los niños volvían a parecer felices. Los testamentos podían esperar.

—En cualquier caso, si me hubieras hablado del cambio, sobre la custodia compartida, puede que las cosas no hubieran acabado así —dijo ella.

—¿Estás sugiriendo que saber eso habría hecho que me dijeras la verdad sobre los niños? Porque, si es así, no me lo trago, Caroline. Tuviste muchas oportunidades para sincerarte. *Porca miseria*, ¿qué importa eso? El daño está hecho y tratar de descubrir de quién es la culpa no resuelve nada, simplemente retrasa lo que tenemos que hacer.

—¿Hablar con los niños?

—Sí. Iré a buscarlos. Mientras estoy fuera, piensa en cómo quieres tratar el tema porque no hay manera rápida y fácil de dar la noticia que están a punto de escuchar.

Cuando Paolo los encontró, los niños estaban jugando con sus abuelos a las damas chinas. Se quedó observándolos sin ser visto, como si los estuviera viendo por primera vez.

Su hijo y su hija. ¿Cómo podía haberlos tenido en

sus brazos de niños y no haberlos reconocido? ¿Cómo los había mirado a los ojos sin descubrir la verdad?

–¡Tío Paolo! –exclamó Gina al verlo–. ¿Qué habéis estado haciendo tú y la tía Caroline todo este…? –se detuvo al ver la expresión en la cara de Paolo y, sin decir una palabra, la niña se estremeció, como preparada para soportar otro golpe del destino.

–Me gustaría que los dos vinierais conmigo –dijo Paolo, sabiendo que sería injusto actuar como si no pasara nada–. Caroline y yo tenemos algo que deciros.

Sin decir palabra, los dos niños dejaron el juego y siguieron a Paolo hasta la biblioteca.

Cuando entraron, Caroline estaba junto al fuego con un pañuelo en la mano. Una lámpara que había sobre la chimenea iluminaba su pelo, pero le dejaba la cara en penumbra. Aun así, los niños pudieron ver que había estado llorando.

–¿Se ha muerto alguien más? –preguntó Clemente.

–No –dijo Paolo–. Tenemos una noticia que daros que os sorprenderá, pero no es tan malo.

–Bueno, sea lo que sea ha hecho que la tía esté triste. ¿Habéis tenido una pelea?

–Hemos decidido posponer la boda –comenzó Paolo–. No nos casaremos mañana.

–¡Pero tenéis que hacerlo! –exclamó Gina–. ¡Dijisteis que lo haríais! Dijiste que íbamos a vivir juntos, y tú siempre cumples tus promesas.

–No culpes al tío Paolo –dijo Caroline–. Es culpa mía.

–¿Por qué es culpa tuya? –preguntó Clemente–. ¿Qué has hecho, tía Caroline?

–Le he ocultado un secreto a vuestro tío y a vosotros dos –dijo ella con voz temblorosa–. Un secreto que debería haberos contado hace mucho tiempo. Se lo he contado al tío Paolo hace un rato y ahora quiero contároslo a vosotros. El tema es que… –cerró los ojos y tomó aliento–. Ojalá hubiera una manera mejor de deciros lo que estáis a punto de escuchar.

–Pues dilo con palabras normales –dijo Clemente–
sólo di la verdad. Eso es lo que se supone que tienes
que hacer cuando tienes problemas.

–¿Has decidido que no nos quieres lo suficiente
como para vivir con nosotros? –preguntó Gina.

–¡Oh, no! No podría quereros más aunque fuerais
mis propios hijos, porque, veréis… realmente sois mis
propios hijos… y yo soy vuestra madre.

–¿Cómo puedes ser nuestra madre? –preguntó Clemente–. Eres nuestra tía.

–Eres tonta –exclamó Gina abiertamente–. Tú no
eres nuestra madre. Nuestra madre está muerta.

–Sí, lo está –dijo Caroline con la voz entrecortada
por las lágrimas–. Y tenéis razón. Ella era vuestra madre en todo lo que importaba. Pero hay más cosas que
tenéis que saber.

–¡No voy a escucharte, tía Caroline! –exclamó Gina
llevándose las manos a las orejas–. Estás diciendo cosas malas.

–¡Gina, cariño! Sé que es difícil de comprender,
pero…

–La, la, la –comenzó a cantar Gina–. No te oigo.
La, la, la.

–¡Cállate, Gina! –dijo Clemente–. Tenemos que escuchar.

–Tú escucha si quieres, pero yo no quiero.

–Me temo que los dos tenéis que escuchar esto
–prosiguió Caroline–. ¿Por qué no me dejáis expli-
carlo?

Sin saber qué hacer, los niños miraron a Paolo, que
asintió con la cabeza y mantuvo la distancia. Por el
momento, al menos, dejaría que Caroline se ocupara
de las cosas a su manera.

Ella se sentó en el sofá y les hizo gestos a los niños
para que se sentaran a su lado. Ellos se aproximaron
lentamente y se sentaron con miedo, como si fueran

dos pájaros dispuestos a salir volando a la primera señal de peligro.

—Debéis de estar confusos —comenzó Caroline—, y estoy segura de que tenéis muchas preguntas. Quiero comenzar diciendo que no hay nada que no podáis preguntarme, y prometo contestar con toda sinceridad.

—Yo quiero saber por qué has dicho que eras nuestra madre cuando no lo eres —dijo Clemente.

—Es que sí lo soy —dijo ella—. Sé que no estuve aquí para cuidar de vosotros como hacen las madres, pero yo os di a luz. ¿Sabéis lo que significa eso?

—Sí —dijo Gina—. Una vez, cuando el abuelo nos llevó a visitar a unas personas que vivían en una granja, una cerda empezó a tener a sus bebés. Los echó por el culo.

—Sí, bueno —dijo Caroline sin saber muy bien cómo continuar después de eso—. Yo no tenía a un papá que me ayudara, y era muy joven. Sólo tenía diecinueve años.

—Eso es mucho —dijo Gina.

—Supongo que lo es cuando sólo tienes ocho años, pero no era lo suficientemente mayor como para cuidar de dos bebés.

—¿Y qué hiciste? —preguntó Clemente—. ¿Nos vendiste?

—No, cariño. No había dinero suficiente en el mundo para eso. En vez de eso os entregué a mi hermana, porque ella tenía un marido que podía ser vuestro padre y una casa en la que podríais vivir, y porque ella me quería tanto que yo sabía que también querría a mis bebés. Pero me puso muy triste el tener que deciros adiós. Deseé con todo mi corazón poder quedarme con vosotros. Os echaba de menos cada día y lloraba todas las noches.

—¿Y por qué no tenías un papá para nosotros? ¿También murió?

—No. Simplemente no le dije que os había tenido.

–¿Por qué no? –insistió Clemente.

Caroline miró a Paolo desesperada, pero éste no dijo nada.

–En aquel momento no pensé que quisiera saberlo.

–¿Y ahora lo sabe?

–Sí. Y está muy enfadado conmigo por haber causado tantos problemas en la familia.

–¡Yo también estoy enfadada! –exclamó Gina alejándose del sofá–. No me importa si me diste a luz. Sigues sin ser mi verdadera madre y no me importa si no te casas con el tío Paolo porque te odio. Y si intentas llevarme contigo a América, me escaparé. Me quedo aquí con el tío y los abuelos. ¡Ellos son mi verdadera familia, no tú!

–Gina –dijo Paolo–, ¿no quieres saber quién es tu padre?

–Ya lo sé. Es mi papá –dijo la niña.

–Tu otro padre –puntualizó él agachándose para ponerse a su altura–. Al que le encantaría presentarse a vosotros.

–¿Sabes dónde está, tío? –preguntó Clemente tras atravesar la biblioteca.

–Sí –contestó Paolo–. Está en esta misma habitación y os quiere mucho.

–¿Tú? –preguntó Clemente.

–Sí. Me temo que sí.

–¿Tú nos hiciste con ella? –preguntó Gina.

–Oye –dijo Paolo–. Te guste o no, Caroline es tu madre y no dejaré que seas mala con ella. Estéis o no preparados para aceptarlo, no cambia el hecho de que os dio los mejores padres del mundo cuando dejó que vuestros papás se quedaran con vosotros.

–Supongo –dijo Gina, y miró a Caroline–. Si no te casas con mi tío, ¿regresarás a América?

–Probablemente –dijo Caroline–. A no ser que…

–Promete que no nos harás ir con ella –le dijo a Paolo–. Promételo, tío Paolo.

–Eso nunca ocurrirá, a no ser que queráis –dijo él–. Ya se nos ocurrirá algo.

Sola en la biblioteca, sin cuerpo para cenar ni para tener compañía, Caroline estaba mirando el fuego. Sus hijos habían abandonado la habitación sin apenas mirarla. Había escuchado sus voces alejarse por el pasillo mientras Paolo los llevaba al comedor. En aquel momento había albergado la esperanza de que, antes de irse a dormir, los niños pasaran a despedirse de ella, pero ya eran las diez y su esperanza se había esfumado. Se daba cuenta de que había perdido lo que más le importaba en el mundo: sus hijos, su prometido y su futuro.

De pronto algo captó su atención sobre la mesa de la biblioteca. Era su anillo de compromiso, que yacía donde lo había dejado antes.

–Despreciado, igual que yo –susurró poniéndose en pie para ir a recogerlo.

Era su culpa que toda su vida se hubiera venido abajo. Desde el principio había sabido por qué Paolo le había pedido que se casara con él. Su proposición no había tenido nada que ver con el amor y todo que ver con la conveniencia. Si hubiera mantenido la mente despejada en vez de dejarse llevar por las fantasías, la conversación que había escuchado no habría tenido la capacidad de desconcertarla por completo.

Sostuvo el anillo en la palma de la mano. Era perfecto. La única cosa perfecta en su relación con Paolo. Quizá eso debería haber sido bastante para hacerle saber que ese anillo no podía estar en su dedo, en el dedo de una mujer capaz de mentir de semejante manera al hombre con el planeaba casarse.

Al menos en ninguna ocasión le había confesado su amor. Ése era el único secreto que había conseguido guardarse. No podría haber soportado la indiferencia de Paolo ante semejante revelación.

De pronto se abrió la puerta y apareció Paolo llevando una bandeja.

—Te has perdido la cena —dijo—, así que te he traído algo de comer.

—Gracias, pero no tengo hambre.

—Muriéndote de hambre no solucionarás nada, Caroline. Seguro que puedes comer algo de queso y algunos entrantes.

—No —dijo ella apartando la mirada de la comida—. No podría comer nada.

—Entonces algo de beber. Podríamos tomarnos algo fuerte —dijo Paolo, y ella escuchó cómo se servía el brandy que aguardaba para después de la cena—. ¿Te apetece?

—¿Por qué no?

—¿Te apetece hablar? —preguntó él cuando se reunió con ella junto a la chimenea y le entregó la copa.

—¿Queda algo que decir?

—No podemos dejar las cosas así, Caroline. Sin importar lo que pensemos el uno del otro en este momento, tenemos que pensar en los niños.

—¿Has estado con ellos todo este tiempo?

—Sí. Les ha llevado un tiempo quedarse dormidos.

—No me sorprende. Están tristes y desconcertados, ¿quién puede culparlos?

—No saben qué sentir —dijo él sentándose frente a ella—, cómo reaccionar. Cuando creían que podían volver a confiar en el mundo que tenían alrededor, se dan cuenta de que todo se les viene abajo otra vez.

—Y todo por mí.

—Me atrevería a decir que los dos la hemos pifiado bastante.

—Probablemente porque nunca se trató de nosotros.

—Oh, claro que se trataba de nosotros —dijo él—. No podemos negar que nuestra relación evolucionó hacia algo que ninguno habíamos anticipado. Pero en algún momento nos olvidamos de que los niños eran la principal razón para casarnos, y como consecuencia herimos a aquellos que se suponía que estábamos protegiendo. Va a llevar mucho tiempo recuperar su confianza.

—¿Es eso posible, Paolo?

—Sinceramente, ya no estoy seguro. Pero lo que sí es seguro es que no someteré la vida de mis hijos a más desastres. Ya están suficientemente traumatizados y se acabó. Esta noche ha cambiado todo.

—Fuera lo que fuera lo que podíamos haber tenido, ya se ha ido, ¿verdad?

—Bueno, dímelo tú, Caroline —dijo él—. ¿Hay razón alguna por la que deba contradecirte? ¿Ves alguna manera de pegar las piezas de nuevo?

Capítulo 12

¿CÓMO decía aquél dicho popular? *Puedes pegar un plato que está hecho añicos, pero las grietas perdurarán y nunca será igual que antes. Nunca más será tan fuerte ni tan bonito.*

—Si tuviera una varita mágica —dijo ella— y pudiera hacer que las cosas fueran mejores, lo haría, Paolo. Desearía muchas cosas, pero la más importante sería poder regresar en el tiempo y hacer las cosas de manera distinta.

—Yo deseo lo mismo, pero es demasiado tarde para eso. Así que te lo vuelvo a preguntar. ¿Ves alguna manera de poder retomar el asunto donde lo dejamos y salvar lo que queda de nuestros planes?

¿Podría? ¿Podría mirar a sus hijos todos los días y saber que ellos nunca la verían como a una madre?

—¿Y bien, Caroline?

—¿Has discutido esto con los niños?

—No. No llevan bien las inseguridades. Y en caso de que nos reconciliemos, no espero que lo acepten fácilmente. Están resentidos. A sus ojos, invadiste un terreno sagrado cuando les contaste la verdad sobre Vanessa y Ermanno. Les llevará tiempo volver a tomarte cariño, pero ya ha ocurrido una vez y puede volver a ocurrir.

—Supongo que ganarme su confianza y la tuya será la tarea más difícil de todas.

—Eso también.

Exacto. Lo amaba desde el primer día, pero no podía decírselo en ese momento porque no parecería cierto, sino que parecería un intento desesperado de una mujer desesperada. Tendría que ser cuando fuera lo suficientemente valiente como para decir las palabras y no esperar nada a cambio.

–No estoy segura de tener el derecho a intentarlo –dijo ella tristemente–. Sinceramente, Paolo, han ocurrido tantas cosas esta noche que ya no estoy segura de nada.

–Entiendo que no lo estés, y no te presionaré más esta noche porque, a decir verdad, no tengo respuestas. En un mundo ideal dejaríamos a un lado nuestras diferencias y seguiríamos adelante con nuestros planes, pero se ha hecho mucho daño y la cura no va a producirse de la noche a la mañana.

–¿Entonces dónde nos deja eso?

–Sugiero que nos demos espacio para respirar. El hecho de que no podamos cambiar las cosas no significa que no podamos aprender de nuestros errores y construir algo mejor. Pero sólo el tiempo dirá si eso es posible –dijo Paolo, y se levantó para colocarse a su lado–. Estás agotada, Caroline. Vete a la cama y trata de dormir un poco. Los dos veremos las cosas de manera distinta después de una noche de descanso.

–No puedo irme a dormir todavía. Prefiero quedarme junto al fuego un rato más y tratar de aclarar mis pensamientos.

–Entonces me voy. *Buona notte* –dijo Paolo, y se inclinó para darle un beso en la mejilla–. Hablaremos por la mañana.

Cuando Paolo abandonó la biblioteca, las paredes de la habitación parecieron encoger y Callie supo que tenía que salir de allí para aclarar sus ideas. Los niños estaban dormidos y Paolo estaba hablando con sus padres en el salón, de modo que ella tomó su bolso de la habitación y salió del apartamento sin hacer ruido. Una vez en la calle, se alejó ligeramente de la casa y llamó a un taxi.

Cuarenta minutos después entró en la casa, junto al

lago Bracciano, la cual habían comprado Paolo y ella algunos días antes. Las nuevas cortinas que había instalado aún no habían sido colocadas, de modo que la luz de la luna entraba por las ventanas. Sin encender ninguna luz, comenzó a deambular de habitación en habitación.

En el salón, doce sillas con estampado damasquino flanqueaban la enorme mesa de madera.

—La usaremos cuando hagamos fiestas —había dicho Paolo cuando ella le había cuestionado la necesidad de algo tan ostentoso—, pero para las comidas diarias con los niños, comeremos en la habitación del desayuno.

La casa era perfecta por fuera, pero tenía el corazón vacío, porque faltaba esa sensación de seguridad que convertía una casa en un hogar. Si hubiera dependido sólo de ellos dos, habrían seguido adelante arriesgándose a fracasar. Dispuestos a cometer errores y a superarlos con la esperanza de alcanzar un vínculo indestructible.

Pero no eran sólo un hombre y una mujer atraídos por una química poderosa. También eran padres, y como tales no tenían derecho a poner en juego la felicidad de sus hijos.

El único momento en que podrían comprometerse ante Dios y el Estado e intercambiar votos de amor sería cuando ambos supieran sin ninguna duda que serían capaces de cumplir sus promesas.

Pero ese momento no había llegado y quizá nunca llegara. Y eso hizo que su elección estuviese clara. Por el momento tendría que amarlos a todos lo suficiente como para dejarlos marchar.

Tras tomar la decisión, se acurrucó en uno de los sofás del salón y no se movió hasta que empezó a amanecer.

Paolo oyó su llave en la cerradura y la recibió en el vestíbulo cuando Caroline entró en el apartamento pasadas las siete de la mañana.

—¿Dónde diablos has estado? ¿Tienes idea de la cantidad de cosa que se me pasaron por la cabeza cuando descubrí que te habías marchado sin decir palabra?

—No pensé que te dieras cuenta —dijo ella—. Siento haberte preocupado.

—¿Dónde has pasado la noche? —preguntó al ver su ropa arrugada y su cara pálida.

—Fui a Manziana, a la casa del lago.

—¿Nuestra casa?

—Tuya y de tus hijos —lo corrigió Caroline.

—También son tus hijos. Eres su madre.

—No —dijo ella negando con la cabeza—. Yo les di la vida, pero eso no me convierte en su madre.

—¿Qué estás diciendo, Caroline? ¿Que vas a abandonarlos de nuevo porque no puedes aceptar no ser tan buena como tu hermana?

—Me marcho, que no es lo mismo.

—Pues explícamelo, por favor.

—Aunque me destroza dejarlos, en este momento creo que lo mejor que puedo hacer por mis hijos es regresar a Estados Unidos.

—¡Caroline!

—Escúchame, Paolo. En este momento os necesitan a ti y a tus padres más de lo que me necesitan a mí. Necesitan la seguridad que vosotros aportáis a sus vidas, la rutina de lo familiar. Necesitan saber que, pase lo que pase entre tú y yo, sus vidas han recuperado la estabilidad que habían perdido. Tal y como están las cosas ahora mismo, yo no puedo darles eso, aunque lo desee.

—¿Por qué no podríamos haber sido tan sabios antes?

—Bueno, más vale tarde que nunca —dijo ella—. Entonces deduzco que también estás de acuerdo en que debería irme.

—¿Cambiaría algo si dijera que no?

–No –contestó ella con una sonrisa.

–Entonces estoy de acuerdo. ¿Cuándo planeas marcharte?

–Lo antes posible. Hoy, si puede ser.

–Bueno, vete si tienes que irte, pero que sepas que no hemos acabado.

–Eso espero.

–Nos mantendremos en contacto.

–Sí, por favor. Quiero saber cómo están los niños, y cómo estás tú.

Paolo le acarició la cara y dijo:

–Lo mismo digo.

Callie se marchó aquella misma tarde y pasó las largas horas de viaje entre Roma y San Francisco reviviendo el dolor de las últimas despedidas. Los abrazos y las lágrimas de Lidia. Y las miradas de inseguridad de los niños, como si tuvieran miedo de que los culparan a ellos de algo.

–¿Realmente vas a volver a América? –preguntó Gina.

–Sí –dijo Callie, y tuvo que conformarse con un breve abrazo, aunque sabía que el aroma de sus hijos permanecería metido en su corazón para siempre–. Es el momento, cariño.

–¿Significa eso que nunca te volveremos a ver? –preguntó Clemente tirándole de la manga.

–Oh, no. Vendré a menudo a visitaros, y si alguna vez decidís venir a visitarme, sólo tenéis que decirme la fecha y yo estaré esperándoos.

–A veces haces que me entren ganas de llorar –dijo Gina apartándose de ella–. ¿Y no sabes que no puedes hacer eso?

Claro –dijo Callie–. Por eso me marcho, porque no quiero hacer llorar a nadie.

—Deberíamos irnos si no quieres perder el avión —murmuró Paolo, que había insistido en acompañarla al aeropuerto.

—Adiós, señor Rainero —dijo Callie finalmente dirigiéndose a Salvatore—. Y suerte con la operación. Le deseo lo mejor.

—No tienes que marcharte por mí, Caroline —dijo Salvatore.

—No lo hago —contestó ella—. Me marcho por mí.

Pero no terminó ahí, sino que tuvo que pasar la última escena con Paolo en el aeropuerto.

—No entres conmigo —dijo ella cuando la dejó frente a la terminal de vuelos internacionales, y salió apresuradamente del coche en un intento desesperado por escapar, antes de darse la vuelta y lanzarse sobre él llorando.

—No seas ridícula —dijo él—. Iré contigo a recoger tu tarjeta de embarque y estaré contigo hasta que tengas que pasar el control de seguridad.

Paolo le había reservado un billete de primera clase y no le llevó mucho tiempo facturar las maletas, pero despedirse, ¿acaso había una manera rápida de hacer eso?

—Recuerda lo que he dicho antes, tesoro —dijo él antes de que Callie embarcara—. Esto no es el final, sino simplemente una pausa.

—Espero que tengas razón —dijo ella—. Pero vengo de un hogar deshecho y sé lo que es vivir en un hogar en el que los padres no se soportan. Y lo que dicen los expertos no es cierto. Un mal matrimonio no es mejor que ningún matrimonio en absoluto. Así que, a no ser que podamos comprometernos el uno con el otro…

—Podemos —dijo él—. Pero llevará tiempo. Cuando los niños lo hayan asimilado todo…

—Debe embarcar ahora si no quiere perder el vuelo, *signorina* —dijo la azafata que había en el mostrador—.

El piloto ya tiene permiso para despegar y estamos a punto de cerrar la puerta de la cabina.

Callie asintió y se giró hacia Paolo una última vez.

–Nos vemos –dijo.

–Claro –contestó él–. Nos vemos, mi Caroline.

Capítulo 13

PAOLO había dicho que estarían en contacto aquella última tarde en Roma, pero aparte de un breve correo electrónico para decirle que había llegado a casa sana y salva, no había vuelto a saber de él y finalmente había dejado de esperar que sonara el teléfono. Era mejor mantenerse ocupada y recuperar su antigua vida antes que desear tener una que jamás llegaría.

Así que se entregó al trabajo y, un mes después de haber abandonado Italia, la llamaron de Minneapolis para que fuera a supervisar la restauración de un hotel.

Se quedó una semana allí y regresó a casa el viernes por la noche demasiado agotada para hacer cualquier cosa que no fuera irse a la cama. A la mañana siguiente se despertó a las ocho sintiendo el sol de principios de diciembre que hacía que San Francisco fuera una de las ciudades más envidiadas del país. Pero para ella, el sol había dejado de brillar.

Tras ducharse y ponerse la mascarilla y una toalla en el pelo, se dirigió a la cocina a comer algo. No es que tuviera hambre, aunque tanto mejor, porque no había nada apetecible. El frigorífico estaba vacío, excepto por un pedazo de pan, los restos de una lechuga y un bloque de queso sospechosamente verde por los bordes.

Había enchufado la cafetera y metido unas rebanadas de pan en la tostadora cuando sonó el timbre de la puerta. Se asomó por la ventana del salón, pero no pudo ver nada más que un Lincoln negro aparcado ilegalmente junto al bordillo a unas casas de distancia. Se ató el cinturón del albornoz con fuerza y bajó las escaleras suponiendo que se trataba del periódico.

Quitó el cerrojo y abrió la puerta lo suficiente para sacar el brazo y recoger el periódico, y casi se cayó de la impresión al ver lo que la esperaba fuera. Dos caras pequeñas que no había confiado volver a ver en un largo tiempo.

—Gina, Clemente —dijo asombrada.

—Hola, tía Mamá —dijeron los dos al tiempo, y comenzaron a reírse.

—¿Qué estáis haciendo aquí? —preguntó Callie llevándose una mano al corazón.

—Bueno, dijiste que podríamos visitarte cuando quisiéramos, así que lo hemos hecho —dijo Gina—. ¿No vas a invitarnos a pasar?

—Por supuesto —dijo Callie abriendo más la puerta—. ¿Pero quién os ha traído?

—Yo —dijo aquella voz mediterránea que la había perseguido en sus sueños y en su vigilia—. ¿Puedo pasar también?

—¿Paolo? —dijo espantada.

—Bueno, no esperaba que sacaras la alfombra roja, pero tenía la esperanza de que al menos te alegraras de verme.

—¡Llevo una toalla en la cabeza y mascarilla en la cara! ¿Por qué iba a alegrarme de ver a nadie, sobre todo a ti, con este aspecto?

—A mi me parece que estás preciosa, Caroline —dijo él entrando detrás de los niños al vestíbulo y cerrando la puerta tras él—. Aunque deberías saber que esa mascarilla se te está cuarteando. Quizá no deberías hablar hasta que termine de hacer efecto y podrías escucharnos.

—¡No esperaba compañía!

—¿Quieres decir que no recibiste mi mensaje diciendo que vendríamos hoy? Bueno, ya es demasiado tarde. Ya estamos aquí. Te daría un beso, pero no me parece el momento más apropiado. Cierra la boca, cariño. Estás empezando a babear.

—Por favor, sentíos como en vuestra casa y disculpadme un momento —dijo ella tras llegar al salón, y se metió corriendo en el cuarto de baño de su habitación.

Justo cuando mejor aspecto tenía que tener, era cuando parecía sacada de una fiesta de Halloween. Además, no sabía en qué momento pero había empezado a llorar, y las lágrimas iban dejando surcos en su mascarilla azul. Se lavó la cara a toda velocidad, se quitó la toalla del pelo y se peinó apresuradamente. No tenía tiempo para maquillarse, así que se echó un poco de colonia y se vistió.

—He servido café —dijo Paolo cuando Callie llegó a la cocina—. Siéntate, cariño, antes de que te caigas.

—Gracias —dijo ella al aceptar la taza de café que él le ofrecía—. Siento no poder ofreceros galletas ni nada, pero mis armarios están vacíos en este momento —les dijo a los niños—. Si hubiera sabido que veníais, habría hecho la compra.

—Luego iremos a desayunar todos juntos —dijo Paolo—. Pero primero tenemos cosas de las que hablar. Tenemos una proposición que hacerte —añadió, y miró a los niños—. ¿Cuál de los dos quiere empezar?

—Yo lo haré —dijo Clemente.

—Adelante —dijo Gina al ver que su hermano parecía haberse quedado sin palabras—. Es muy fácil. Pregúntale si volverá a casa con nosotros.

A Callie le dio un vuelco el corazón. Por un momento quedó suspendida entre el cielo y la tierra, sin saber dónde acabaría.

—¿Lo harás? —concluyó Clemente con timidez—. Hemos hablado mucho sobre ello y nos gustaría que dijeras que sí. No pensábamos que fuésemos a echarte de menos, pero sí que lo hacemos. Y ahora que hemos tenido tiempo de pensar en ello, no nos importa que seas nuestra madre. De hecho está bastante bien.

–Sólo que tú eres nuestra otra madre –aclaró Gina–. No puedes ocupar el lugar de nuestra verdadera madre.

–No –susurró Callie sintiendo cómo las lágrimas amenazaban de nuevo–. Sé que nunca podría, ni deseo hacerlo. Nadie podrá nunca reemplazar a vuestra mamá. Ella era demasiado especial para todos nosotros. Pero en cuanto a lo de irme a vivir con vosotros…

–Tienes que venir –dijo su hija–. El tío Papá dice que la casa es demasiado grande para nosotros tres.

–¿Papá? –le preguntó sorprendida a Paolo.

–Están volviendo en sí, Caroline –dijo él encogiéndose de hombros–. Están listos para asimilar la verdad.

–¿Por eso los has traído aquí?

–No enteramente. Yo también tengo mis propios planes. ¿Hay algún sitio donde los niños puedan entretenerse viendo la televisión para que tú y yo podamos tener algo de privacidad?

–Hay una tele en el salón y, aunque no puedo hablar por experiencia, mis amigas casadas dicen que a sus hijos les encantan los dibujos del sábado por la mañana.

–Perfecto –dijo él, y condujo a los niños al salón y regresó a los pocos minutos.

–¿Te apetece más café? –preguntó ella.

–No. No necesito café, pero necesito hacer esto.

Entonces la besó con todo su corazón, con ternura y pasión y la promesa de que vendrían cosas mejores.

–Ah, Caroline –murmuró–. Llevo mucho tiempo esperando esto. Y más tiempo aún deseando pedirte perdón y decirte que no puedo vivir sin ti.

–¿Los niños son demasiado revoltosos?

–No, tesoro. Los niños son como tienen que ser. Son impredecibles y no siempre fáciles de complacer, y sin embargo adorables. Pero el hecho de ser sólo una parte de la ecuación que necesitan, a veces me deja sin recursos.

–Si has venido porque no puedes hacerte cargo de ellos tú solo, la solución es muy sencilla. Contrata a una niñera.

–Si sólo hiciera falta eso para curar el dolor que siento en el corazón, lo haría. Pero mi problema es más profundo. Aprender a ser padre me mantiene ocupado durante el día, pero por las noches, Caroline, es cuando miro en mi corazón y acepto la verdad que me ha estado persiguiendo durante semanas.

–Necesitas una mujer.

–Te necesito a ti.

–¿Porque al ser la madre biológica de los niños soy la mejor cualificada para el trabajo? Ya hemos pasado por eso, Paolo –dijo ella sintiéndose cada vez más decepcionada–, y mira cómo acabó.

–Caroline, *mio amore*, estoy aquí para rogarte perdón.

Callie se dio cuenta de que Paolo tenía lágrimas en los ojos. Brillaban como diamantes y la conmovieron profundamente.

–Te seduje y te dejé a un lado sin pensármelo dos veces –prosiguió él–, incluso sabiendo como sabía entonces que eras inocente y no encajar conmigo.

–Eso no me excusa por haberte ocultado lo del embarazo. Debería habértelo contado enseguida.

–¿Qué mujer habría arriesgado el futuro de sus hijos confiando en un hombre como el que yo era entonces? Sin embargo, cuando nos volvimos a encontrar me recibiste en tus brazos y en tu cama con la misma generosidad con la que te habías entregado la primera vez. Estoy haciendo el tonto y dejándonos en ridículo a los dos.

–No si hablas de corazón, Paolo –dijo ella colocándole una mano en el pecho–. Es no es ridículo.

–No te necesito por los niños ni porque me sienta

solo en la cama cada noche. Te necesito porque te quiero, Caroline.

—¿Me quieres?

—Te quiero —repitió Paolo con voz temblorosa—. Más de lo que puedas imaginar.

—¿Estás seguro?

—Eres mi corazón, mi vida —dijo él agarrándole las manos—. Perdóname. Lo he sabido desde hace semanas pero he sido demasiado orgulloso para admitirlo. Pero decirte adiós en el aeropuerto, ver cómo te alejabas, realmente hizo que me diera cuenta. Verte marchar estuvo a punto de matarme, Caroline.

—¿Entonces por qué no dijiste nada antes de ahora? —preguntó ella—. Había perdido la esperanza de volver a saber de ti.

—Tenía que ocuparme de ciertas dificultades con los niños, y quería que lo tuvieran asumido antes de venir a buscarte. Ahora lo peor ha pasado —dijo arrodillándose en el suelo—, y estoy aquí haciendo lo más apropiado y por las razones apropiadas, rogándote que me des otra oportunidad.

Callie quería creerlo. Quería tomar el anillo que le ofrecía y no soltarlo nunca. Pero se sentía recelosa.

—¿Sabe tu padre que estás aquí y por qué?

—Mi padre está recuperándose de una operación de triple bypass. Pero sí, lo sabe, y ahora que su salud es débil, está mucho más apaciguado. Ya no te causará problemas. En cuanto a mi madre, espera ansiosa escuchar que vuelves a casa conmigo. Pero después de todo, lo único que importa es lo que tú quieras. Sabes que estoy lejos de ser perfecto, y que siempre seré así. Como ya has descubierto por ti misma, mis meteduras de pata son muchas, pero te doy mi palabra de que, si me das otra oportunidad, pasaré el resto de mi vida haciendo que nuestro matrimonio sea tan maravilloso que jamás te arrepientas de ser mi esposa. De un modo u otro, me ganaré tu amor.

–Oh, Paolo –dijo ella entre lágrimas–. ¿Es que no sabes que ya tienes mi amor? Te he querido desde hace nueve años. No podría parar ahora, ni aunque lo intentara.

–¿Cómo podría haberlo sabido si jamás dijiste nada?

–Al principio me daba miedo decírtelo por si te espantaba. Cuando me pediste que me casara contigo, dejaste claro que el nuestro iba a ser un matrimonio de conveniencia.

–Caroline, después de todas esas noches que pasamos juntos, seguro que sabías que los términos del contrato habían cambiado.

–Albergaba la esperanza. Las cosas parecían ser diferentes, pero como nunca lo confirmaste, pensé que sería mi imaginación. Además, decirte lo que sentía sabiendo que te estaba ocultando un secreto no me parecía bien. Entonces la verdad acabó saliendo, pero de tal manera que resquebrajó tu unidad familiar. Después de eso, no pensé que quisieras oírme decir «te quiero». Pensé que había esperado demasiado tiempo y que ya no me querrías bajo ningún concepto.

–Ni hablar –dijo Paolo poniéndose en pie para abrazarla–. Aquí es donde tienes que estar, cerca de mi corazón el resto del tiempo. Cásate conmigo y nunca más te dejaré marchar. Vuelve a casa, Caroline. Tus hijos te necesitan y yo también.

–Dice la verdad –dijo Clemente, que al parecer no encontraba los dibujos de la tele ni la mitad de interesantes que aquella escena romántica en la cocina.

–Sí, es cierto –añadió Gina–. Así que será mejor que aceptes, porque tenemos un cachorro desde que te marchaste y se siente solo sin nosotros. Tenemos que volver deprisa con él antes de que haga otro agujero en la alfombra.

Callie se apartó ligeramente de Paolo y los observó a los tres. A sus hijos, tan misericordiosos que le daban ganas de arrodillarse y dar gracias a Dios aquel regalo.

Paolo, tan fuerte y seguro, que le había hecho creer en los milagros. ¿Cómo no iba a creer cuando estaban los tres a su alrededor.

Callie abrió los brazos y recibió a sus hijos para abrazarlos.

–Os quiero –susurró–. Siempre os he querido y siempre os querré.

–Entonces no llores –dijo Gina–. Hemos decidido que nosotros también te queremos, así que vamos a seguir adelante para poder volver a casa. ¿Sabes que dentro de poco es Navidad y hemos estado esperándote para poner el árbol?

–Bueno, no penséis que es fácil. Lleva su tiempo poner el árbol de Navidad perfecto –dijo Callie, y miró a Paolo a los ojos. Allí pudo ver todo el amor que le profesaba–. No te quedes ahí, Paolo. Estamos hambrientos. Llévanos a desayunar y luego llévanos a casa, cariño.

–Esperaba que esa fuera tu decisión, tesoro. Por eso tengo el jet preparado, el desayuno a bordo y al piloto listo para despegar en cuanto le dé la orden. ¿Cuánto tiempo te llevará hacer las maletas?

–Nada de tiempo –dijo ella colocándose entre sus brazos y notando el firme latido de su corazón–. Todo lo que necesito está en esta habitación.

Bianca®

Había tenido fama, fortuna, coches... y cualquier mujer que pudiera desear. Ahora buscaba monogamia, matrimonio... y una madre para su hijo

Si quería encontrar a los hermanos que había perdido hacía tanto tiempo, Nick Ramírez tendría que abandonar su constante búsqueda del placer.

Tenía que encontrar esposa y tener un heredero en menos de un año. Aunque por su cama habían pasado muchas mujeres, sólo había una candidata a convertirse en la novia de Nick...

Fama y fortuna

Emma Darcy

Acepte 2 de nuestras mejores novelas de amor GRATIS

¡Y reciba un regalo sorpresa!

Oferta especial de tiempo limitado

Rellene el cupón y envíelo a
Harlequin Reader Service®
3010 Walden Ave.
P.O. Box 1867
Buffalo, N.Y. 14240-1867

¡Sí! Por favor, envíenme 2 novelas de amor de Harlequin (1 Bianca® y 1 Deseo®) gratis, más el regalo sorpresa. Luego remítanme 4 novelas nuevas todos los meses, las cuales recibiré mucho antes de que aparezcan en librerías, y factúrenme al bajo precio de $3,24 cada una, más $0,25 por envío e impuesto de ventas, si corresponde*. Este es el precio total, y es un ahorro de casi el 20% sobre el precio de portada. !Una oferta excelente! Entiendo que el hecho de aceptar estos libros y el regalo no me obliga en forma alguna a la compra de libros adicionales. Y también que puedo devolver cualquier envío y cancelar en cualquier momento. Aún si decido no comprar ningún otro libro de Harlequin, los 2 libros gratis y el regalo sorpresa son míos para siempre.

416 LBN DU7N

Nombre y apellido	(Por favor, letra de molde)	
Dirección	Apartamento No.	
Ciudad	Estado	Zona postal

Esta oferta se limita a un pedido por hogar y no está disponible para los subscriptores actuales de Deseo® y Bianca®.
*Los términos y precios quedan sujetos a cambios sin aviso previo.
Impuestos de ventas aplican en N.Y.

SPN-03   ©2003 Harlequin Enterprises Limited

Jazmín

Algo más que honor

Donna Clayton

¿Qué mal podría hacer que se acostara con su marido?

Habían prometido amarse y respetarse mutuamente, pero entre ellos había otra promesa que ninguno de los dos había pronunciado. Jenna Butler le había salvado la vida a Gage Dalton, por lo que él estaba obligado a devolverle el favor. Y sólo el matrimonio le daría a Jenna la custodia del bebé de su hermana.

Así pues, Jenna se mudó al rancho de Gage… pero no a su cama. Había llegado virgen al matrimonio y, aunque se decía una y otra vez a sí misma que no esperaba nada, lo cierto era que sí tenía ciertas esperanzas. Su esposo la respetaba, pero parecía necesitar la ternura que sólo una esposa podía darle…

Deseo®

Corazón de olvido

Susan Crosby

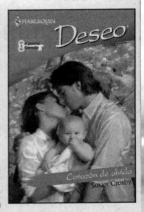

Heath Raven llevaba años alejado del mundo, pero su autoimpuesto aislamiento no le había impedido tener un hijo. Desesperado por encontrar al pequeño, contrató a una investigadora privada llamada Cassie Miranda, una mujer sensual que despertó el deseo que durante tanto tiempo se había negado a sí mismo.

Cassie intentó que su relación con Heath fuera estrictamente profesional, pero después de encontrar a su hijo, no soportaba la idea de marcharse de su lado...

Él era un hombre oscuro, misterioso e indomable